嘿，外星人你在聽嗎？

程遠 Jack Cheng 著
沈奕伶 譯

SEE YOU IN THE CoSMoS

推薦序

以聲音記錄童年：閱讀《嘿，外星人你在聽嗎？》

文／國立中興大學外文系副教授　劉鳳芯

《嘿，外星人你在聽嗎？》是一則關於男孩的故事。小說採第一人稱，敘述者為十一歲男孩艾力克。艾力克醉心天文，對宇宙中可能存在的高等智慧生物充滿奇想。他崇拜美國天文學家暨科普作家卡爾．薩根（Carl Edward Sagan, 1943-1996），不僅以偶像姓名為自己的愛犬命名，更效法偶像作法。薩根長時致力外星生物研究，曾收錄地球各種聲音，製成「金唱片」，隨火箭發射至外太空。艾力克受到感召，也將他甫得到的蘋果播放器（iPod）漆成金色，以外星人為假想聽眾，透過獨白將其日常生活點滴錄進播放器，打算趁著年度火箭節，隨其自製火箭發射送至外太空。全書由獨白與對話組成，共分五十二段，每段皆為艾力克（或其他角色）之錄音稿。

以文字書寫聲音、描繪聲景，乃本書寫作特色。由於敘事者艾力克幾乎隨時隨地都在錄音，錄音環境隨敘事者的移動行旅擴展變化，是以閱讀此書，如同經歷一場眾聲鼎沸的聲音景觀（soundscape）饗宴，每段音檔除了獨白、對話，還收錄各種環境細節，例如氣勢不同的雨聲、睡眠深淺不一的鼾聲、狗項圈的鈴鐺聲、寫字聲、翻頁聲、翻找東西聲、開關門聲、煎煮聲、輪胎煞車聲……。不過當聲音透過文字再現，也挑戰讀者的閱讀經驗，因為書中的敘述者對著播放器獨白之際，可能同時正與其他角色對話，所以讀者得從字裡行間仔細辨識說話者的身分及指稱對象，並透過環境聲音重構角色的行動現場。此種書寫方式迫使讀者放慢閱讀速度、反覆來回推敲，更積極參與小說意義的建構。

針對聲音主題的闡發，本書除了透過聲景展現，亦透過角色傳達。札德是艾力克在前往火箭節的火車上相遇的成年男子，光頭、身著灰長袍。札德有過一段婚姻，也曾是位善於演說、著作等身、事業有成的公眾人物，但在某個人生瞬間拋下一切功名利祿，開始追求性靈安頓。他隨身攜帶蒲團、隨時冥想，並發誓保持沉默，僅透過書寫溝通。札德心情開懷、心地包容，艾力克受其鼓舞，勇敢道出許多不為人知的家庭背景、焦慮困惑、內心想望。從聲音角度言，札德的沉默使他從製造聲響的發話者轉變為聆聽者，將發聲空間保留給這名滿腹話語的男孩，使艾力克不僅有發聲機會、心聲也被聽見。

以聲音記錄生命，是本書男孩主角的嘗試。書中五十二段錄音檔既是艾力克送給外星人的地球男孩生活紀錄，也是為母親保留的禮物。艾力克成長於單親家庭，母親罹患精神疾病，終日或盯著電視螢幕、或凝視房間天花板遁入安靜狀態、或出門遊晃。與母親相依的艾力克年紀雖小，已負責採買和飲食，出門在外亦一手自理，獨立懂事程度堪比穿長襪的皮皮。而即便母親失能，艾力克依然深愛媽媽。艾力克的母親發病時，意識不清，堅稱站在自己面前的兒子是外星人，是以，小說原書名「*See you in the cosmos*」標題指稱的對象，也可能是艾力克的母親；艾力克錄製這些聲音檔，是留給母親日後聆聽的童年聲景。

書中的艾力克執著、專注、直率、易感、幽默感自成一格，在在令人聯想起尼克．宏比《非關男孩》小說的男孩主角馬克斯。兩人家庭境遇相似，也都是非典型男孩，既超齡成熟、又未脫稚氣。馬克斯與艾力克對於執著的事物都展現異於常人的不懈堅持，所以往往是同伴眼中的怪胎、被貼上愚笨或自閉標籤的異類；他們的同儕朋友不多，卻能與成人打成一片。馬克斯的童年有威爾加入，而艾力克在「前往看不見星辰的旅程」途中，也巧遇各式成人，包括情緒暴躁的史提芬、潛心禪修的札德、婚姻瀕臨破裂的肯．羅素、汲汲尋覓潛在客戶的羅尼、母女關係緊張的泰拉。這些大人在遇見艾力克之前，各有待解的人生難題，但男孩不尋常的錄音之舉鼓舞了他們，讓他們願意暫放手邊工作、擱置既定行程，陪伴艾力克展開一段童年探險；而更奇妙的是，這些大人的人生軌道，也因為與艾力克的碰撞和相遇，出現了始料未及的變化。

《嘿，外星人你在聽嗎？》是華裔作家程遠初試啼聲之作。據說作者已著手書寫續集，且讓我們拭目以待。

推薦序

帶著夢想勇敢上路吧！

文／丹鳳高中圖書館主任　宋怡慧

所有的大人都曾經是個孩子，雖然很少人記得這一點。——《小王子》

你是誰？

長什麼樣子？

……

你的皮膚是像我一樣的淡棕色，或者是跟海豚一樣的光滑灰色，還是和仙人掌一樣又綠又刺？

你住在房子裡嗎？

打開書卷，映入眼簾的是上述充滿問號的句子。我偷偷的問自己：十一歲的我，心裡是不是也裝滿一個接一個的問號？每個問號彷彿都是在探問身處未知的世界，我是誰？每個問號好像都在尋求認同，期待有人疼我、愛我。

《嘿，外星人你在聽嗎？》淋漓盡致的表現少年成長小說的原型：超越困境、認同自己。一如謝哲青說的：「原來，世界早有一條屬於我的夢想之路。」十一歲男孩如何為人生的航向掌舵？

走向狀況不斷的冒險旅程，如何消弭絕望、幻滅的考驗，讓自己堅持夢想，即便家庭失能、單親無恃；即便計畫的實踐困難重重，主角艾力克仍願意攜帶一抹希望的光束，最終，找到獨一無二的自己。

命運給艾力克一個比別人低的境遇，但愛與堅強的羽翼，讓他化不可能為可能，我邊看著文字，彷彿也邊聽著他的錄音檔，一字一句在我的耳邊絮語。他有好多事想跟我說，看似細細瑣瑣，卻是那麼誠懇的想讓我們理解：一個十一歲的男孩有多喜歡與外太空對話，從中窺見小男孩成長的美麗與哀愁。

你曾有過置身在熱鬧的人群裡，卻感到寂寥的經驗嗎？

橫跨兩千英哩的漫長迢途，從奇想、冒險、夢想、成長的情節中，讀者陪著艾力克經歷苦悶與彷徨、孤獨與憂傷，常在自信跌墜邊緣的靈魂，奮力的在為自己的生命找個解釋或是答案。它代表：我們都希冀被認同、被理解，猶如小說中一個男孩和一隻小狗，如何在崎嶇曲折的相互取暖裡，走向幸福的終點。

塞拉說：「未來是青年人的一個天堂。」這個社會真能許我們的孩子一個可以想像、追尋的未來嗎？我們真的懂得他們善感也多愁，企盼著有人溫柔的傾聽？我們真的明白他們脆弱也無助，期待著有人真心的陪伴？

在某個心碎的時刻，《嘿，外星人你在聽嗎？》傳遞療癒人心的溫暖，燦亮青少年無光的世界。在未知的生命長軌裡，它給青少年做夢的權利與支持。我想，我們是幸運的，沒有錯過這本好書，不只讓我們能讀懂孩子的心，甚至可以豪氣的說：嘿！青春，就等著你勇敢上路，帶著書，快步走吧！

推薦序

只在快樂的時候勇敢，不是真勇敢

文／版權經紀人　紀宜均

去年十二月，我有幸獲親子天下邀請，觀賞改編自全球暢銷小說《奇蹟男孩》的同名電影，在步入放映廳時猜想著自己應該是在電影中後段，才需要拿出事先備好的衛生紙，沒想到開演不到半小時，因為罕病主角第一天上小學，他的爸爸一邊陪他走進校園，一邊告訴他：「你會覺得很孤單，但這不是事實。」而爆哭。

在成長的過程中，我們或許並非一直處於一個人的狀態，但一定有準備面對孤單的時候：第一天上學的前一晚；參加誰也不認識的夏令營；暑假結束開學第一天；隻身前往無法用母語溝通的國家。大多會換得「習慣就好了」之類的安慰，因而在看到一個大人宣告孤單存在時，才真正釋懷那些曾經的不安。

而「寂寞」正是《嘿，外星人你在聽嗎？》給我的第一個印象。

主角是十一歲的艾力克，爸爸早逝，和媽媽住在科羅拉多州，哥哥在洛杉磯工作。他是個超級天文迷，去哪裡都帶著卡爾．薩根（是條小狗）和金色iPod，以便隨時錄下自己的生活和周遭各式各樣的聲音，之後放在自組的火箭，發射到外太空讓外星人「聽見」地球。乍看你會覺得艾力克與一般小孩無異，話多且問題問個沒完沒了，但很快的，可以從他買菜煮飯、出遠門前為媽媽先準備好三天份的食物、知道洗衣服要深淺色分開並且低溫烘乾、為了養狗狗去打工等生活細節，明白因為某些原因，艾力克必須獨當一面，這些早熟與懂事讀來都伴隨著孤單和寂寞，讓人暗自心疼。

此外，艾力克獨特的思考方式，經常讓我拍手叫好，例如他會以「你會因為世界上沒有恐龍而難過嗎？」回答同學他沒有爸爸感覺如何，因為對艾力克而言，爸爸就像恐龍，並不會為了未曾目睹的存在而傷心；又如遇到買票年齡限制時，他無所畏懼的說明，自己今年十一歲，但若以「負責任的年齡」來算，他至少有十三、甚至十四歲。就是這些奇思妙想，讓人想陪著艾力克經歷一切。

艾力克在參加火箭節時，收到通知：有一個跟爸爸同名同姓、同年同月生的人住在賭城，原本短短三天的火箭發射行程，就此變成尋親之旅。這趟超展開的旅程不僅引人入勝，更增添閱讀的層次，透過小孩的眼睛看大人的世界，成年人讀來亦別有體悟。看著故事中的大人憤怒的說著人生一事無成、無法控制他人時的惱怒糗態、不斷打擊甚至阻撓別人的夢想、又為什麼總是讓所愛的人失望，不禁回想自己是如何成為現在的大人。我們在面對現實困境的時候，難免選擇妥協，甚至是放棄，而艾力克的旅程不僅示範了真正的勇敢，也讓我們找回在追求成功道路上犧牲的純真，再次以初心選擇我們看世界的角度。

錄音檔1
6分19秒

你是誰？

長什麼樣子？

有一個頭還是兩個頭？

還是有更多個頭？

你的皮膚是像我一樣的淡棕色，或者是跟海豚一樣的光滑灰色，還是和仙人掌一樣又綠又刺？

你住在房子裡嗎？

我住在房子裡。我的全名是艾力克·派特斯基，我家位於地球上的美國科羅拉多州岩景鎮。我今年十一歲又八個月，美國的歷史是兩百四十二年，地球的年齡是四十五億年。我不太確定我家的屋齡。

或許你住在一個被冰雪覆蓋的星球，所以你住雪屋而不是一般房子，你的手像冰鑿、腳像雪鞋，全身被金棕色的毛覆蓋，就跟卡爾・薩根一樣。噢，那是我養的狗的名字，我用我的偶像卡爾・薩根博士的名字來幫牠命名。卡爾・薩根博士是全世界最偉大的宇宙學家之一，他將旅行者1號和2號發射到外太空，還在上面放了「金唱片」，裡面收錄了地球上的各種聲音，包括鯨魚唱歌、人類用五十五種語言打招呼、新生嬰兒的笑聲、戀愛中女人的腦波，還有人類最偉大的音樂創作，例如：巴哈、貝多芬和查克・貝里[1]的音樂。或許你已經聽過了？

我是在超市停車場發現卡爾・薩根的，我看到牠的時候，牠正躲在垃圾桶後面，又髒又餓。我說，過來啊小狗狗，別害怕，但牠卻夾著尾巴哀號，因為那時我們還是陌生人。我告訴牠我不會傷害牠，我是個和平主義者。我想牠應該相信我說的話，因為我抱牠的時候，牠完全沒有抵抗或跑走的意思，然後我就把牠帶回家了。回到家的時候，媽媽像往常一樣躺在沙發上看電視，我告訴她我買了食物回來，還帶了一隻狗，我向她保證一定會好好照顧牠，陪牠玩耍、餵牠、幫牠洗澡……說一些這類應該要講的話。

然後她說，你擋住我了！所以我站到旁邊。如果我最要好的朋友小班帶狗回家的話，他媽媽一定會瘋掉。但我媽不太在乎，只要我好好做晚餐、別在她看電視的時候煩她就好。她還滿酷的。

我不太知道你們那裡有哪些節目，但我媽喜歡的是那種玩遊戲的節目、法官秀，還有五個女士坐在假客廳裡聊天的節目。在小班家我們會看卡通頻道，因為他家有網路電視。小班和大多數同學一樣喜歡《戰地學院》，我覺得那個節目還可以，但老實說我比較喜歡經典卡通，例如：《德克斯特的實驗室》[2]。德克斯特是個天才，我最討厭他姊姊蒂蒂出現搗蛋。我很慶幸自己沒有姊姊弄壞我的東西，尤其是我在做火箭的時候。

但我有個哥哥，他叫羅尼，但除了我媽、我，還有一些他的高中同學之外，大家都叫

---

1 查克・貝里（Chuck Berry），美國黑人吉他手、歌手和詞曲創作者，被譽為「搖滾之父」，是搖滾音樂的先驅之一。

2《德克斯特的實驗室》（Dexter's Laboratory），美國動畫卡通，主角德克斯特是個八歲的天才兒童，在房間書架背後有個祕密實驗室，但姊姊常闖入破壞他的發明。

他ＲＪ，因為他的中間名是詹姆斯（James）。羅尼比我大很多，他的年紀是我的兩倍以上。他現在二十四歲，在洛杉磯當經紀人，我知道你在想什麼，但他不是你想像的那種娛樂圈經紀人，他的工作是幫籃球或足球選手尋找對他們感興趣的贊助廠商。但他也會戴墨鏡，參加那種超炫的派對，所以我猜兩者有點類似。

羅尼一開始不讓我養卡爾．薩根。他不喜歡我們把他的錢用在買食物和繳帳單以外的地方。我打電話告訴他關於卡爾．薩根的事，他說，不行，我們養不起寵物。我覺得我們養得起，我最近都買超市的特價品，還自己做午餐三明治，沒點學校現做的午餐；我還找了兼職，幫巴席爾先生的加油站上架雜誌。我跟羅尼說，我一直在存火箭基金，但我可以用這筆錢照顧卡爾．薩根，因為牠也吃不了多少，而且在做出任何衝動決定之前，你應該回岩景鎮見見牠本人——我的意思是牠本狗。

那是將近一年前的事了，羅尼還是沒有見到卡爾．薩根，但我相信當他們終於見面的時候，羅尼一定會愛上牠，誰能拒絕那張臉呢？

欸，誰能拒絕那張臉？

沒錯，我正在講你，卡爾．薩根。想打個招呼嗎？

別害羞，打個招呼嘛。

卡爾．薩根不想打招呼。牠只是盯著我看，一副「你在做什麼？你在跟誰講話？還有其他人在這裡？我看不到半個人」的表情。

傻瓜，這裡沒半個人，這只是一臺 iPod。之前你看到我把它噴成金色的，記得嗎？我在錄音，這樣一來，等億萬光年之外的高等智慧生物某天發現它的時候，就知道地球是什麼樣子了，明白了嗎？

牠不明白。牠現在正在看窗外，牠很容易分心。

所以接下來，我……呃……我剛才要說什麼？

總之，我想你們應該早就拿到我偶像的金唱片了，但你們那裡可能沒有唱盤撥放器，或是曾經有但現在淘汰了。我只有在二手店看過舊唱片，沒人想買它們，因為 iPod 跟 iPhone 比較裝得進口袋，容量也比唱片大很多。我已經把金唱片的所有內容都裝在這裡了，但還剩很多空間，然後我發現 iPod 也可以錄東西，所以我想或許我會錄一些你們沒聽過的地球聲音。還有，發射火箭的時候，我也會解釋幕後發生的事情，就像是放在唱片最後的錄製花絮！

我有好多事想跟你們說，但要改天，因為卡爾．薩根坐在門的旁邊，牠想去外頭上廁所，而我也得去打包我的行李了，改天再告訴你們ＳＨＡＲＦ和火箭的事情吧。

錄音檔2
6分41秒

嗨，又見面了！我說過要跟你們講更多ＳＨＡＲＦ的事，我答應了就不會食言。ＳＨＡＲＦ是一個火箭節，地點在新墨西哥州靠近阿布奎基的沙漠裡，再過三天我就要到那裡發射我的火箭！

ＳＨＡＲＦ官方名稱是西南高海拔火箭節（Southwest High-Altitude Rocket Festival），但火箭論壇的人只管叫它ＳＨＡＲＦ。那是一個字頭語，也就是用每個單字的第一個字母來組成一個新字，像ＮＡＳＡ原本的全名是國家航空暨太空總署（National Aeronautics and Space Administration）。四年級的時候，我們用自己的名字當字頭語造字，雖然湯普森太太說我可以只用小名艾力克（Alex），但我用了完整的名字（Alexander），因為我想挑戰自己。我名字的字頭語是這樣：

Astronomer 太空人
Launches rockets 發射火箭
Earthling 地球人
Xplorer 探險家
Afraid of spiders 害怕蜘蛛
Nice person 好人
Dedicated 專注的
Enthusiastic 有熱誠的

我也幫我的偶像卡爾．薩根做了一組字頭語：

Cosmic 宇宙的
All-time hero 前所未有的英雄
Really smart 聰明絕頂

Likes science 喜歡科學

火箭論壇的人對SHARF超級積極，論壇的置頂區有個地方寫著「火箭節討論區」，下面已經有無數篇留言了。法蘭絲19說她要把頭髮染成一種特別的顏色來慶祝，歐羅帕在討論去年有多好玩，卡拉西科貼了一堆關於露營的小祕訣，例如睡前若把鞋子放在帳篷外面，隔天早上記得倒過來看看，因為裡面可能會跑進幾隻蠍子。他說蠍子通常都成雙成對，所以你如果看到一隻，通常還會再找到另一隻。牠們是很浪漫的生物。

我已經打包好我的火箭、牙刷、羅尼的舊帳篷，還有二合一洗髮精，因為這樣比較省空間。我也帶了卡爾．薩根的特殊狗餅乾，會場有烤肉，但卡爾．薩根不能吃，牠的消化系統很敏感。

我還有很多東西要打包，但我需要喘口氣，所以我爬上屋頂。我小時候很喜歡躺在車子的引擎蓋上，就像在電影《接觸未來》[1]裡阿諾威博士那樣。但我媽現在不開車了，所

1《接觸未來》（Contact），一九九七年上映的科幻電影，根據宇宙學家卡爾．薩根的同名小說改編。電影中，女天文學家艾麗．阿諾威博士試著想證實外星智慧生物的存在。

以我只好從梯子爬上屋頂。我通常是晚上來，因為這樣可以更接近星星，就算只接近一層樓的距離。

但我也喜歡白天爬上來。我們家座落在山上，爬上屋頂可以看到鐵軌、漢堡王、巴席爾先生的加油站，加油站外有個旗桿，上面有岩景鎮上最大的一面美國國旗，那面旗子真的非常大。更遠處是薩姆山，山腳處有個很大的白色字母R，代表岩景（Rockview）。有一次羅尼的高中舉辦校友會，在我們和貝爾馬（Belmar）鎮的球隊比賽前夕，有一些貝爾馬的高中生半夜跑來，把代表岩景的R換成貝爾馬的B，隔天羅尼超生氣，在比賽中五次觸地得分，狠狠教訓了貝爾馬的球隊一頓。他們的計畫反而得到了反效果。

有時在我媽的安靜時間之後，她會出門呼吸新鮮空氣，我在屋頂上可以看到她走去哪裡。就像現在，她正朝著賈斯汀．曼多薩家走，就是沿著我們家這條街一直往前走到靠近山腳下的地方。她走到賈斯汀家時，可能會左轉往米爾路，或右轉往小班家的那區，因為那裡被樹包圍我看不太清楚。

我的iPod就是賈斯汀給我的。賈斯汀念高中時比羅尼低一個年級，以前時常來找羅尼玩，但他升上大學後沒有像羅尼一樣離開岩景鎮。我昨天按照約定去找賈斯汀，準備用二十塊美金跟他買iPod，但他說可以免費送我，因為電池有問題。當他走進屋裡時，我一邊在車庫等他，一邊觀察他改裝的本田機車，我扭動其中一邊的手把，一個螺絲掉了出來，我把那個螺絲放在一條藍色抹布上，跟其他零件放在一起。

賈斯汀拿著iPod和充電器回來，我問他，嘿，賈斯汀，既然你是個技師，摩托車應該早就改裝好了吧？他說，問題在於每次他改裝到一段落，試騎完又會想到更好的主意，所以就會把它拆開來重新組裝。我告訴他它應該下載一個組裝機車的模擬軟體，就像我的火箭模擬軟體Open Rocket一樣。那個軟體讓我測試不同引擎，更換不同的火箭前錐體、尾翼，以及其他部分，然後告訴我火箭實際上會發射多高，所以直到我發射之前，都不用花錢買這些構造。我告訴他，我是這樣設計「旅行者3號」的，我的火箭要載著他的iPod到外太空。

賈斯汀說，所以這是你第一次發射火箭？我告訴他，沒錯。他又說，你不需要先做一些測試嗎？我回答，我不是說過，這就是為什麼我要用模擬軟體，這樣就不用測試了！

賈斯汀笑了，然後問我羅尼最近如何，我告訴他羅尼像往常一樣，為潛在的客戶忙碌。潛在的客戶指的是那些有機會找羅尼當經紀人的人，這樣他就可以帶他們去吃午餐，幫他們付錢。賈斯汀說他很崇拜羅尼，一直把他當成大哥，我說這很妙，因為我也一直把他當成大哥，然後賈斯汀又笑了。他要我告訴他發射的結果，我說我會的，我還告訴他最好檢查一下機車的手把，以防有哪個零件鬆脫。

錄音檔3
6分16秒

你們睡不著的時候都怎麼辦？

或許你們根本不需要睡覺，因為你們星球旋轉得太緩慢，一直面對著太陽，所以都是白天。

也或許剛好相反，除了吃飯之外，你們幾乎都在睡覺，就像無尾熊或卡爾．薩根一樣。牠只需要捲成一圈，不管在床上、沙發或我腿上，都能馬上入睡。

你們現在在睡覺嗎？

我猜沒有，因為如果你們在睡，要怎麼聽這個錄音？

我猜那表示我們兩方都醒著……

我昨晚就打包好了，今天花了一整天替我媽準備我不在時的食物。我媽知道怎麼煮飯，也是個很厲害的廚師，但我這一年太習慣幫忙弄吃的了，習慣到如果我什麼都不做會有點過意不去。

再加上她又進入安靜時間了，她安靜的時候會待在床上望著天花板的突起物，我猜她是在計算它們的數量。我把水拿到她房間告訴她：我要去火箭節，已經準備好三天份的食物，妳只需要把它們從冰箱裡拿出來微波一下就可以了，我愛妳。

我本來以為我做完那麼多食物會很累，但卻沒有。我試著聽貝多芬和查克·貝里，看《接觸未來》的藍光光碟，但它們只讓我更清醒，於是我試著在羅尼的床上睡覺。他搬走的時候，我把房間裡屬於他的那一半東西原封不動的保持好，這樣他回來的時候就會看到牆上那些性感女星的海報，以及櫃子上的運動獎牌，就好像他從來沒有離開過。但我有時候會睡在他的床上，因為如果你睡在某人睡過的地方，做某人做過的事，有一天你就會變成那樣的人。你的思考會跟他一樣、記憶會跟他一樣，持續一陣子之後你就會長出肌肉，可以賺很多錢來養活你媽媽。

我到新墨西哥阿布奎基的火車明天很早就出發了。卡拉西科和火箭論壇的一些其他成員約在布雷克的樂塔漢堡集合，那是一間靠近阿布奎基火車站的餐廳，他們要共乘去火箭節的會場，我也要搭便車。希望我可以搞清楚誰是誰，因為我只知道大部分成員在論壇上的代號，不知道他們長什麼樣子。

此外，距離發射也只剩下兩天，所以我得以最快的速度，幫你們找到一些真正重要的地球聲音……既然你們已經從金唱片中聽過戀愛中女人的心跳和腦波，那或許我可以在金iPod裡錄下戀愛中男人的聲音！

我當然可以錄下自己的聲音，但我現在還沒跟任何人談過戀愛。我不愛學校裡的女生，因為她們只喜歡買衣服，或在Snapchat上聊八卦。我們的興趣差太多。但我不擔心，我在火箭節一定會遇到某個戀愛中的人，因為我知道很多男人都是那樣。舉例來說，羅尼愛他的女朋友蘿倫，小班愛珊娜女士——高級數學的老師。他說她有一次靠過來幫他解決數學問題，聞起來像桃子口味的水果糖。他要我發誓不能跟地球上的任何人說，所以我想跟你們說應該可以吧。

真可惜小班沒辦法和我一起去……

他現在和他媽媽、妹妹，以及他媽媽的新男友在芝加哥度假。

有一次小班問我，我會不會因為沒有爸爸感覺很糟糕？我問他，你會因為沒有恐龍感覺很糟糕嗎？小班說他不確定，因為他身邊從來就沒有恐龍，我說我對爸爸的感覺就是那樣。小班說但擁有一隻三角龍應該滿酷的，因為可以騎著牠到處跑，還可以撞穿我們學校的牆，被糾察隊登記遲到的時候可以說：去找我的三角龍談談。我告訴他這個主意太棒了。

如果我有個老爸應該滿酷的。在《接觸未來》中阿諾威博士的爸爸在她小時候就死了，但至少她那時比我大。她記得在門廊上和他一起看望遠鏡，也記得他們用老式無線電和佛羅里達的人通話。我爸在我三歲時就死了，所以我記得的一切都是別人告訴我的。我出生的那天，我爸理論上結束出差行程要回家，但他錯過了飛機，所以我媽只好自己開車去醫院，因為羅尼還不到能開車的年紀。但最後我爸總算趕到了，過了十分鐘之後，我誕生在這個世界上。

我爸就像一面拼圖，我媽有幾片，羅尼也有幾片，但還有一大堆拼圖不見了，所以我無法得知它的全貌。今年坎普斯太太的社會課上教了族譜，也就是關於你這個人是從哪裡來。我們到圖書館的電腦查詢一個叫做Ancestry.com的網站，把自己、爸媽，還有祖父母的名字輸入進去，它就會用政府的紀錄、舊報紙文章和類似的資料自動建立你的族譜。網站上說，我外公、外婆，以及我媽那邊的家族來自菲律賓，這個我已經知道了，然後它又說我爸的家族是一八七〇年從歐洲搭船來的。當它發現關於我家族的新資訊時，還會寄電子郵件給我——就像是我個人的CSI。CSI是犯罪現場調查Crime Scene Investigator的字頭語，但族譜網站不調查犯罪，而是調查關於我爸的事，所以我想它也可以稱為我的DSI吧[2]。

哎呀呀，這樣下去我永遠也睡不著了……

我要嘗試睡一會兒。明天可是我和卡爾・薩根的大日子。

晚安啊各位。

---

2 DSI，也就是爸爸現場調查（Dad Scene Investigator）。

錄音檔4

（無法取得錄音檔）

錄音檔5
8分52秒

好吧，讓我再試一次。我之前想告訴你們火車站發生的事，但我哭到連自己都不知道在講什麼，所以就把它刪了。

羅尼每次看到我哭就會叫我像個男人一點。他會告訴我別哭了，沒人喜歡愛哭鬼。我很努力，但有時候很難做到。有時候我頭腦裡的烏雲變得又大又灰，像漩渦一樣，之後我的眼睛就颳颶風了。當然這只是比喻，我的眼睛並沒有真的颶風，我的頭腦裡也沒有天氣系統。

今天早上，就在我和卡爾．薩根準備要出發的時候，我發現就算我已經帶了二合一的洗髮精，行李還是太多了。我想把它們全帶走，但實在太重，還沒走五步就累了。昨天晚上它們看起來還沒那麼重，每一件東西分開來拿也不重，但全部加起來就搬不動。我問卡爾・薩根，我們該怎麼辦？牠看著我，一副「你怎麼會問我呢？」的表情。然後我試著把行李袋放在牠背上，但牠逃走了，露出「你以為我是誰？一隻驢子嗎？」的表情。

我想到一個辦法，我到車庫裡把平常採買用的推車拿出來，把所有東西放到推車裡，結果剛剛好，問題解決了！然後我輕輕敲我媽的房門看她醒來了沒，但她還在睡，所以我走到她床邊在她耳朵旁小聲說：我們要走了，就像之前說的星期天會回來，我愛妳。或許她可以在睡夢中聽見我的話。

我和卡爾・薩根沿著門口前那條街往下走，接著在賈斯汀・曼多薩的家左轉，沿著米爾路走。我用單手推推車，另一隻手握著卡爾・薩根的狗鍊，一路上經過巴席爾先生的加油站，以及加油站旁邊的超級8汽車旅館。我想跟巴席爾先生打招呼和說再見，但怕因此錯過那班火車，更何況我有點擔心火車站的站務人員可能不准我把推車帶上去。但那時我還沒開始哭，那是之後才發生的事。

我們比火車發車的時間早十五分鐘抵達火車站，我把電子車票給驗票人員看，他問，你爸媽在哪裡？我說，只有我和卡爾・薩根。他問，卡爾・薩根在哪？我往右邊移開一步，因為卡爾．薩根躲在我腳後面。驗票人員看著我說，這是張成人票。我說，對啊，因為網站只讓我買成人票。他說我需要兒童票，我問他要去哪裡買，他說兒童票要和成人票一起買，我整個被搞暈了。他說我不能單獨上車，十三歲以下的小孩需要有成人陪同。他要看我的身分證，我把行星學會的會員卡給他看，他說需要上面有生日證明的證件，所以我給他看我的學生證，結果他發現我還沒滿十三歲。

我告訴他，我比很多自己認識的十三歲小孩還要負責，甚至比很多十四歲的人還要負責。但他說那不重要，重點是實際的年齡，我說那很蠢因為每個小孩都不一樣。他們應該要給每個人做測試，再給他們一個能負責的年齡。以負責任的程度來說，我肯定已經滿十三歲了，因為我會煮飯還會照顧狗。

但我沒跟剪票的人提到測試負責年齡的事。我只想到我和我所有的行李，還有卡爾．薩根，而且我真的不想錯過火箭節，所以我坐在車站其中一張椅子上開始哭。

卡爾．薩根也開始哭，只要我哭牠就會跟著哭，接著我想，或許不去火箭節對我比較好，或許待在岩景鎮比較好，因為我從來不曾在沒有媽媽和羅尼陪伴的情況下離家。如果留在這裡，代表我會有比較多時間錄製給你們的錄音檔，等到我蒐集到足夠的地球聲音，我再自己發射旅行者3號。我不需要在火箭節發射，雖然我已經把所有的錢花在火車票和報名費上，而且現在我也遇不到歐羅帕、卡拉西科和其他火箭論壇的人了。

那時我拿出金iPod想要告訴你們發生了什麼事，但我的話卻變成一連串哭泣。接著我聽到火車進站的聲音，而我哭得更大聲了，我甚至不覺得自己會停下來。

但就在這個時候，我聽到有個人問：怎麼了啊？我抬起頭，看到一個少年頭上綁著藍色的頭巾，身上背著一個比我還要大的背包。非常大的背包。

那個少年坐到我旁邊，我花了一番功夫才告訴他發生了什麼事。在我說清楚之前，我得先停止讓自己的眼睛颳颶風。當我好不容易平靜下來，到只是下小雨的狀態，我告訴少年我原本要去火箭節發射載了金iPod的火箭，火箭論壇上所有的朋友都要去。我花了一大筆錢買火車票，幫我媽做了食物，還把保鮮盒放到冰箱，但現在我去不成了，因為我還沒滿十三歲，雖然我比十三歲的孩子來得負責任。

他說，這對你來說真的很重要。我說，當然很重要。廢話！如果不重要我就不會哭了！我其實沒有說「廢話」這兩個字，只是點點頭，我是個很複雜的人。

他向我要我的票，我拿給他看，也給他看我裝了火箭的手提包、報名郵件、用Google

Map印出來的會場地圖，甚至還有那瓶二合一洗髮精。我不知道為什麼要給他看這些。他問我，我的爸媽呢？我告訴他，我爸在我很小就死了，我媽在家，但只要我不煩她，她不太在乎我做什麼。他說，小子，這麼早就開始了？我說，咦？什麼這麼早就開始？他把我的資料夾還給我，要我跟在他後面，說待會不管他說什麼都點頭就好，我點點頭。

他排隊，我也跟著排隊，當我們到驗票口的時候，驗票人員看看他、再看看我，然後問那個少年，他是跟著你的嗎？少年回答，嗯，他是我同母異父的兄弟，我只是去上個廁所，結果艾力克就想拋下我，真是個好兄弟！驗票人員看著我，問說，他是你哥哥嗎？我看看那個少年，又看看他，然後點點頭。驗票的人說，下次跟緊你哥好嗎？我再點點頭。接著他掃描我們的票，指派座位給我們。

那個少年幫我把推車搬到火車上，那輛火車有上下兩層，我們的座位是在上層，得走過好幾節車廂才能到友善寵物的車廂。在車廂跟車廂之間，有很多金屬門，上面有很大的方形按鈕，按下按鈕門就會自動打開，打開的時候還會發出聲音，就像在太空船一樣。實在是很酷，真希望我家也有這種按鈕！

火車上的人沒有想像中多，大概一半以上的位置都是空的，我猜可能因為現在還很早。乘客中有老人和帶小孩的家庭，大多都在睡覺，除了一個像武術師一樣穿著灰色袍子的光頭男人之外。我們經過男人座位的時候他對我笑了笑，我雙手合十向他敬禮，對武術師就應該這樣打招呼。

我們終於來到友善寵物的車廂，卡爾．薩根在我旁邊的座位捲成一團，那個少年在把我們安頓好之後去了其他車廂，因為他對貓過敏。我說，你不用坐在他們安排的位置嗎？他說，他們通常不會管，以及如果有人問我為什麼自己一個人，或是找我麻煩，就過去找他。我說，謝謝你假裝成我哥。他說，不客氣，希望你找到你要找的東西。我告訴他，我沒有在找什麼東西，我是要發射火箭。那個少年笑了笑說，嗯，沒錯，然後就走了……

噢！我猜他是在說我正在幫你們蒐集的地球聲音……嘿！搞不好他有女朋友，他可以當那個戀愛中的男人！我晚點要去找他問清楚。

錄音檔6
7分36秒

我們快到新墨西哥了！我們的火車正急速前進！

火車開動的時候有一種奇怪的感覺，發出斷——的聲音，然後車站旁的建築便往後退，起初很緩慢，接著愈來愈快、愈來愈快，每經過一秒，我就離家和我媽更遠了一點，有一點像旅行者1號和2號，它們航行的每一秒，就更深入宇宙，距離它們的家，也就是地球更遠了一點。但我猜不同之處在於我之後還會回……

無法辨識的小孩：你在做什麼？

艾力克：噢，嗨！我在錄發送到外太空的錄音。

無法辨識的小孩：你的狗怎麼了？

艾力克：牠是……噢，牠只是躲在椅子下，因為牠看到陌生人會緊張。牠的名字是卡爾．薩根，來自我的偶像卡爾．薩根教授……

無法辨識的小孩：你和卡爾．薩根有看到觀景車廂嗎？

艾力克：火車上有這種車廂？

無法辨識的小孩：它在後半部！餐車車廂前一節，很酷耶，整節車廂都是玻璃做的！

艾力克：呃，玻璃做的車廂不會碎嗎？

無法辨識的小孩：那是強化玻璃。

艾力克：噢，酷！我還沒看到，但我正打算去看……

無法辨識的小孩：你想玩戰地卡嗎？

無法辨識的女人：蕾西，親愛的，別一直打擾人家。

艾力克：沒關係，女士，她沒有打擾到我。

艾力克：好啊，我們來玩戰地卡吧。

蕾西：你叫什麼名字？

艾力克：我叫艾力克。

蕾西：我叫蕾西，今年五歲半。你幾歲？

艾力克：我十一歲，那是妳媽嗎？

蕾西：是呀，然後那是我妹，她叫伊凡。

艾力克：叫這個名字的女生還真少見。

蕾西：她就叫伊凡。她今年三歲。你媽媽呢？

艾力克：她在我們岩景鎮的家，現在應該在吃我幫她準備的午餐，除非她……

蕾西：是她要你穿老人的衣服嗎？

艾力克：妳是說這件棕色夾克？我的偶像有一件一模一樣的。他也有一件像這樣的套頭T恤，他在電視節目《宇宙》上都會穿著它，是原本那個節目，不是跟奈爾．德葛拉司．泰森[1]主持的那個。

蕾西：你不熱嗎？

艾力克：有一點，但火箭論壇的人說要多穿一點，因為沙漠晚上可能會變冷。我要去

1 奈爾．德葛拉司．泰森（Neil deGrasse Tyson），美國天文學家，主持過很多科學相關的電視節目。

SHARF，這是一個字頭語，全名是西南高海……

蕾西：我學校有個老師也會這樣穿，他人很好，每次跟他報告別人做壞事，他就會給三顆糖，但如果你做錯事，他會說沒關係。他人真的很好。

艾力克：聽起來還不錯。

蕾西：你玩過戰地卡嗎？

艾力克：嗯，我在我最好的朋友小班家玩過。

蕾西：好吧！給你一張卡，給我一張卡，再給你一張卡……

艾力克：真希望小班可以跟我一起來，但他和家人，還有他媽的新男友去芝加哥了。他爸媽離婚了。

蕾西：離婚？

艾力克：嗯，我五年級上體育課發現的，小班打排球打到一半突然開始哭，桑佛德先生問小班，你在哭嗎？小班搖搖頭說自己沒在哭，但我看得出來，因為我就站在他旁邊。然後小班跑去廁所……

蕾西：你一張，我一張，我一張……

艾力克：我跟著去廁所看他，他告訴我，他爸媽要離婚，他爸要搬出他們家，因為他愛小班和他媽。我說，這一點道理也沒有，如果真的愛一個人，為什麼要離開他們？

蕾西：我媽真的很愛我。

艾力克：我可以看我的卡了嗎？

蕾西：可以。我發卡所以我先。我出一張蟲繭……然後進化！

艾力克：妳應該要先等……

蕾西：我再出一張蟲繭！再進化！

艾力克：呃……

蕾西：換你了。

艾力克：好吧，我抽一張卡。

艾力克：妳應該去看看小班的收藏。小班超愛《戰地學院》，他有整套訓練員，他整天只想玩那個，尤其是外面很熱的時候，他可以一整天待在房間裡玩《戰地學院》或《決勝時刻》。

蕾西：我家附近有個女孩叫瑪雅，她也整天只想待在家，她非常小氣！她只喜歡貓……

蕾西的媽媽：蕾西，當我們想說別人壞話的時候，我們應該……

蕾西：……

蕾西的媽媽：我們應該怎麼樣啊，蕾西？

蕾西：不要說出來。

（火車鳴笛）

蕾西的媽媽：沒錯，我們不該說出來。

蕾西（對艾力克說）：有一次瑪雅跟老師告狀。說我和我朋友——也是瑪雅的朋友，偷了她的鉛筆。但我們沒有！她說謊，瑪雅是個大說謊精！

蕾西的媽媽：蕾西，我剛剛說了什麼？

蕾西：可是瑪雅真的是啊！她是個……

蕾西的媽媽：有人想要被處罰嗎？

蕾西：不要……

（火車鳴笛）

艾力克：嘿，我們在減速耶。

蕾西：是嗎？我們為什麼減速？

艾力克：真奇怪，我沒看到小鎮啊，外面全是沙漠。

蕾西：媽，我們為什麼減速？

蕾西的媽媽：親愛的，我也不知道。來這邊，吃完妳的薯條。

蕾西（對艾力克說）：我得走了。

艾力克：牌還給妳。

蕾西：謝謝你陪我玩。

艾力克：也謝謝妳。

（火車鳴笛）

蕾西（遠距離）：媽，我要喝水，我要……

（煞車聲）

艾力克：呃，我們完全停下來了，其他人都在看窗外，想搞清楚發生了什麼事。

艾力克：我們應該沒有撞到什麼東西……如果有，應該感覺得到。

艾力克：這裡……看不太到……

艾力克：我要去前面車廂，那裡看得比較清楚，等一下喔！

錄音檔7
6分3秒

我們還是繼續停在這裡。已經過了——哎呀呀，已經過了快兩小時了！我的褲子開始長螞蟻，但實際上我的褲子裡並沒有螞蟻，這只是一種形容。

火車停下來之後，其中一個工作人員把車門打開，他說我們可以下車走走，因為火車會在這裡停一陣子。所以我帶卡爾．薩根出去上廁所，就在這時候我看到了救護車。

我們走過去看發生了什麼事，其他一些在車外的人也走了過去。救護車後面的醫護人員正在跟那個生病或有生命危險的人講話，我和卡爾．薩根又往前走了幾步，看見那個人的臉上帶著氧氣罩，正在用點頭或搖頭回答醫護人員的問題，然後我們走得更近，終於看清楚那個人的臉，以及藍色頭巾——是那個少年！

我感覺自己的胃開始翻攪，就好像吃了太多冰淇淋，吃到肚子結凍，不想再吃任何一口食物。卡爾．薩根好像也不舒服，或者牠的肚子也結凍了，因為牠躲在我的腿後哀號，比平常還嚴重。

救護車旁邊有個火車上的工作人員，我問他，發生什麼事了？他心臟病發了嗎？但工作人員只叫我讓開，回去找我的爸媽。我看著那個少年，他看起來很疲憊，他看了我一下，然後頭又垂了下去，好像沒認出我。我想告訴他，我搞懂他說希望我找到我要找的東西是什麼意思了，但我發現我甚至連他的名字都不知道，然後工作人員又叫我退後。

所以我倒退幾步，讓出一點空間，但由於我仍盯著那個少年，不小心撞到一個人。我說，對不起！然後轉過身來，看見那個武術師，他比我想像中矮很多，因為之前看到他的時候他坐著。武術師叫札德，但我那時還不知道，我只是再次雙手合十鞠躬。接著，他從袍子裡拿出一塊跟 iPad 一樣大的黑板，在上面寫道，你哥哥？他指了指救護車。

我看了看那個少年，又看了看札德，他看起來不像是會找我麻煩的人，因為武術高手只會在沒有選擇的時候才反擊。所以我告訴他，不，那不是我哥。他把黑板擦乾淨，又寫道，自己一個人？我說，沒有，卡爾．薩根跟我一起，我們的視線往下移，看著躲在我腿後的卡爾・薩根。

札德俯身蹲下，我以為他要像《臥虎藏龍》裡的高手一樣飛踢，但他只是跟卡爾・薩根打招呼。卡爾・薩根向前聞了聞札德的手，又躲回我的腿後面。我問札德，為什麼你要用小黑板溝通，你沒辦法說話嗎？他在上面寫：沉默之誓。我問他叫什麼名字，他寫：札德。

我們看著醫護人員量那個少年的血壓，還用小手電筒照了照他的眼睛，他們在做檢查，就像岩景鎮的醫生一樣，泰納醫生每年都會幫我做檢查。接著他們拿下他的氧氣罩，札德在小黑板上寫：是個好跡象。但他們又把少年的背包放進救護車，所以我不太確定。接著工作人員告訴我們他應該沒事，但他們還是要把他送去醫院，以防萬一。

現在雖然救護車已經開走，我們也回到車廂，但火車還是沒發動。我不知道為什麼這麼久……我們不是應該……

怎麼了，札德？

（寫字聲）

札德在黑板上寫著：你還好嗎？

札德，對不起，我只是——我只是褲子裡長螞蟻，因為我和卡爾．薩根要去新墨西哥的火箭節發射載了金iPod的火箭，我們理論上應該要和火箭論壇的人一起搭車，他們會在火車站附近的樂塔漢堡集合，但我不知道我們到的時候他們還會不會在那裡。

（寫字聲）

你也是？等等，你也要去火箭節？我以為你只是個武術師！

（札德的笑聲）

你在火箭論壇的名字是什麼？你的火箭呢？

（寫字聲）

札德只寫了：不用網路。接著又在下面補上：朋友的火箭。

那意思是你也沒有手機囉？

札德點點頭。

但如果我們真的遲到，你的朋友和其他人會不會以為我們臨時不來，然後就走了，因為沒人打電話給他們？

（寫字聲）

札德寫：總會有解決方法。

我不太確定，札德，我真的很希望……

我還是不知道為什麼火車還沒開始移動……

（寫字聲）

噢，還沒耶！我還沒看到觀景車廂。但那個叫蕾西的女孩說整節車廂都是玻璃做的，或許我們可以去看看，還可以順便弄清楚為什麼火車遲遲不開。札德，這個主意真不錯！

（札德的笑聲）

錄音檔8

5分27秒

火車終於重新發動了，停了世界無敵久！我和札德現在在觀景車廂，但它沒有像蕾西說的那樣全都是玻璃做的，大概只有一半，但窗戶真的很大，而且一路往天花板彎。坐在面向窗邊的椅子上，可以看一幕幕的風景經過，就好像在看電視一樣。

火車開始前進後，外面的景色從一片平坦的荒漠變成有山丘的荒漠，札德望著窗外的景色，我望著札德，當岩石和棕色樹叢從我們眼前經過的時候，他的眼球會迅速左右移動。札德讓我想起我的科學老師佛格提先生，他很胖，頭髮是灰色的，而札德沒那麼老，比較矮，也沒有頭髮，像是禿頭哈比人版本的佛格提先生。

（很大的笑聲）

又是札德的笑聲。我才剛遇到他不久，他就已經成為我所認識的人中最愛笑的。他笑的時候，整個身體會先縮小再放大，就像在吹氣球一樣。

（札德的笑聲）

又笑了！

我告訴札德我無法相信他不用網路。我說，你怎麼可能沒有網路！我真不知道沒有網路的世界會變怎樣，這樣我就無法快速學習新東西了。我沒辦法上火箭論壇、YouTube，不會知道火箭節和如何組裝火箭，我也沒辦法上族譜網站，請它當我的爸爸現場調查員。札德在小黑板上寫：跟我多說一點。所以我告訴他族譜網站找到我爸的土木工程師執照，我上網搜尋，網站上說土木工程師是負責設計馬路和橋樑之類東西的人。

札德又舉起小黑板，上面還是寫著：跟我多說一點。所以我告訴他我發現這件事之後，打電話給羅尼。我說，嘿，羅尼，你知道爸是土木工程師嗎？羅尼說，忘了爸吧，挖出過去的往事對大家都不好，我告訴羅尼，我沒辦法真的忘記，因為我從一開始就不記得任何事！札德的小黑板上一直都寫著「跟我多說一點」，所以我告訴他關於小班、卡爾・薩根、我媽，還有學校的事，我跟他說了好多好多，幾乎把所有事都告訴他。札德是個很好的聽眾，我猜是因為他不講話的關係。

（札德的笑聲）

札德，有那麼好笑嗎？

嘿，札德，為什麼你要發誓保持沉默？

（寫字聲）

真的嗎？你說太多話，是說了多少？

（寫字聲）

我不太確定我會不會喜歡保持沉默，我們可以試試嗎？

（寫字聲）

（寫字聲）

（艾力克的笑聲）

（寫字聲）

（札德的笑聲）

（寫字聲）

（兩人的笑聲）

嘿，札德，我問你一個問題。你有跟人談戀愛嗎？我在找一個戀愛中的男人，想把他的聲音錄進我的金iPod裡。

札德？你有聽到我的聲音嗎？

（火車轟隆聲）

（札德的笑聲）

札德只是聳了聳肩。

你的意思是你不知道？你怎麼可能不知道？愛不愛一個人不是應該很明顯嗎？你有太太或女朋友嗎？

（寫字聲）

札德寫了前妻兩個字。我猜那表示你不再愛她了，札德。

（札德的笑聲）

嘿，札德，你笑成這樣打破了沉默之誓。或許你應該發不說話的誓，那樣比較精準。

（札德的笑聲）

我很好奇，你們那邊會發誓要保持沉默嗎？

還是你們根本不講話？

搞不好你們就像螞蟻一樣用費洛蒙溝通，也有可能在空中畫符號，就像手語一樣。或許你們有十個感覺器官，不像人類只有五官，所以你們用其中一個或多個器官來講話，但你們不稱之為「講話」，而是另一個語詞。或者你們根本不用語言來稱呼，而是用其他事物來形容。

又或許你們的語言就是笑，有用來表達快樂的笑聲、餓的笑聲，或者很久沒看到哥哥很想他的笑聲。如果用笑的，你們會怎麼表達：我超期待火箭節的呢？哈哈哈嘿哈？嘿哈嘿齁齁哈哈？

（札德的笑聲）

錄音檔9
7分4秒

我們到阿布奎基的時候，不只遲到了兩小時，而是遲到了兩個半小時。等我們終於抵達時，太陽已經要下山了，天空被染成了淡黃色，有一堆人和車。札德幫我把推車從火車上搬下來，我說我們得快點趕去樂塔漢堡，但札德的朋友已經在火車站等他了！

他在現實生活裡的本名是史提芬，在火箭論壇的暱稱是史提歐，他是札德的室友，他們一起住在ＬＡ，也就是洛杉磯（Los Angeles）的字頭語。我說，嘿，札德，為什麼不告訴我史提芬會在車站等你？為什麼不告訴我你住ＬＡ？札德只是聳聳肩，一臉「你沒問啊」的表情。接著，我問他和史提芬認不認識我哥哥羅尼，因為羅尼也住在ＬＡ，他是經紀人，大家都叫他ＲＪ。史提芬說他們不認識。史提芬比羅尼大一點但比札德小，身高中等，留著淡棕色頭髮和山羊鬍，但沒那麼濃所以是小羊鬍……

（札德的笑聲）

無法辨識的男人：拜託，我才剛留不久耶！

艾力克：所以我才說是小羊鬍啊，史提芬！它還沒完全長大。

（札德的笑聲）

史提芬：好吧，隨便你。

艾力克：總之，當史提芬看到札德的時候，他說自己正準備離開，他無法相信火車居然誤點這麼久，接著他看到我，說，等一下，你就是那個要跟我們共乘的人？然後我說，是嗎？

艾力克：事情是這樣的，在樂塔漢堡會合的論壇成員們先走了，但卡拉西科告訴史提芬我也在火車上，既然他要等札德，乾脆一起載我。但他不知道我是個小孩。我告訴他，我十一歲，但負責任年齡起碼有十三歲。他問我，我爸媽呢？我告訴他，我媽在家，但我爸在我很小的時候就死了。史提芬看了看札德，札德聳聳肩，一副「有些人就是沒有老爸」的表情。雖然札德沒說話，但我愈來愈了解他了。

史提芬：我不知道你還帶了一隻狗——嘿，你可以叫牠不要把口水滴得後座窗戶到處都是嗎？

艾力克：好，乖孩子快過來！坐在我旁邊，你可以待會再看沙漠。

（狗項圈的叮噹聲）

史提芬：謝了，小心不要弄髒座位，我女朋友會抓狂。她老是嘮叨著要我去洗車，把車子裡面吸乾淨。

艾力克：聽起來整潔對她來說很重要。

（札德的笑聲）

史提芬：嗯，應該是吧……

艾力克：這也是為什麼你要我們上車前先吃完薯條。對嗎，史提芬？

艾力克：在來車站接我們之前，史提芬幫我們在樂塔漢堡買了一些薯條。

史提芬：嗯，我本來可以幫你買個漢堡，但我不太確定你是不是也跟札德一樣吃素。札德，你看吧，這就是為什麼我一直要你重辦手機的原因。

艾力克：但如果札德發誓保持沉默，他要怎麼講手機？

史提芬：至少可以發短信。

艾力克：嘿，史提芬，車廂裡那個用氣泡紙包起來的東西是什麼？是你們的火箭嗎？看起來好巨大！

史提芬：嗯，等我們到了再讓你看看……

（手機的鈴聲）

史提芬：等等。

（耳機的逼逼聲）

史提芬：嗨，親愛的，怎麼啦？

史提芬：對不起，我正打算要打給……

史提芬：我知道，我的意思就是這樣。札德的火車誤點，我們還要載一個小孩，他……

史提芬：我已經說了對不起。

艾力克（悄悄話）：嘿，札德，史提芬在跟誰講話？

史提芬：只有周末而已，星期一下午我們就回去，我們會停在……

（寫字聲）

史提芬：我沒有，我已經說了我們周末要去。

史提芬：兩星期前。

史提芬：怎麼了？

史提芬：聽好，我很抱歉，但我有跟妳說……

艾力克：他女朋友聽起來很凶。

（札德的笑聲）

史提芬：沒什麼，是札德。

史提芬：聽著，可以等我回去再說嗎？我很抱歉我不是……

史提芬：好吧，再見。

（耳機的逼逼聲）

（車子的超車聲）

艾力克：剛才是史提芬在跟女朋友講話。他戴了耳機，就是那種放在耳朵上，讓人一邊開車一邊講話的東……

史提芬：嘿，艾倫，你可不可以……

艾力克：我的名字是艾力克。

史提芬：抱歉，艾力克，你可不可以把那個關掉？我只想聽音樂。

艾力克：好。

錄音檔10
9分46秒

我們抵達會場的時候天已經黑了一半，現在天已經全黑了，我的聲音聽起來有點小，因為我只能用說悄悄話的音量，大部分的人應該都睡了。

我們還沒時間與大家碰面。卡拉西科跟其他共乘的人已經在他們的帳篷跟RV裡了，RV是露營車（Recreational Vehicles）的字頭語。活動場地是一大片平坦的沙漠，遠處有一些山。當我在車上第一次看到那些帳篷和RV的時候，覺得很像開進了火星的殖民地，但是不像火星是紅色和橘色，它是金色、棕色，還帶有一點紫色。

我真應該在來之前練習如何搭帳篷。史提芬特地把車停在營地前面，並且打開車頭燈好讓我們看見。我看著他和札德搭帳篷，想學他們怎麼搭，但實際操作起來比看起來要困難得多，而且卡爾・薩根還不停站到我們的帳篷上，我知道牠只是想幫忙，卻把事情搞得更複雜，我大叫要牠閃邊，結果把牠弄哭了。

我沒有要對牠生氣的意思，只是看著大家都搭好帳篷，只有我們的還是平的，讓我很挫折。

我猜札德應該聽到我大叫或是卡爾・薩根的哭聲，因為他走了過來。札德幫我搭帳篷的時候，我抓緊卡爾・薩根的狗鍊，札德幾乎得墊起腳尖才能把中間的勾子勾到搖晃的支架上，但他總算搆到了，我的帳篷也立了起來。我把卡爾・薩根抱進帳篷，用帳篷營釘把所有東西固定住，帳篷營釘像是倒過來的字母L，不是那種用來殺死吸血鬼的釘子。

史提芬把車頭燈熄滅，然後戴上頭燈，就是那種戴在額頭上，跟著頭轉動方向移動的照明燈。好酷。我們把行李搬進帳篷，札德指指他跟史提芬的帳篷，一副「你想來我們帳篷嗎」的表情。

我謝謝他的邀請，但告訴他可能晚一點吧，我的火箭還沒黏完。因為我沒辦法把整個火箭裝進行李袋，所以得在明早發射之前完成組裝，等黏膠乾要一段時間。

札德站在那裡一會兒，對我比了個讚，然後進了他和史提芬的帳篷，我則回到自己的帳篷開始黏火箭。當我工作時得用腳固定手電筒，真希望我有另一雙手或至少有個頭燈，感覺好像永遠都黏不完。其實不是真的永遠，因為如果是，那表示我還在繼續黏。我大概花了一個小時才完成，那時卡爾．薩根已經睡著了，我往外看，札德他們的帳篷還亮著燈。

我走過去說，你們還醒著嗎？札德把帳篷的拉鍊拉開讓我進去，他和史提芬的帳篷比從外面看起來大得多，真的很大，但沒有《哈利波特》魁地奇世界盃的帳篷那麼大，因為那是電影，是特效。他們的帳篷大概可以容納七個人。

我坐在札德的睡袋上，札德坐在一個圓形枕頭上，史提芬坐在自己的睡袋上。夾在帳篷棚頂的頭燈垂墜下來像吊燈一樣，史提芬手中拿著一罐不知名的東西。我說，嘿，史提芬，你在喝紅牛嗎？

史提芬喝了一口，告訴我有點類似紅牛，但更好喝。那是一種叫做ＬＯＸ的能量飲料，ＬＯＸ是液體氧氣（Liquid Qxygen）的字頭語，他給我看飲料罐，商標下面寫著人體火箭燃料。史提芬說裡面並非真的有液體氧氣，但含有維他命，可以提振精神，有益身體健康，至於火箭燃料只是比喻喝完的感受。我問他比喻是什麼，他說比喻就是用另一種東西來形容某種東西，就不用花時間解釋。

史提芬問我想不想買一些LOX，他一罐賣兩塊美金，如果他找到三個人來買，這三個人也再去找三個，他就可以得到一輛免費的BMW，如果我找三個我的朋友，這三個朋友也再去找三個人買LOX，那麼我也可以得到免費的BMW。我跟史提芬說，謝謝，但我現在還不能開車，我正在為食物和緊急狀況存錢，但羅尼可能會想要一輛BMW，因為他是經紀人，所以下次我打給他的時候再問問他。

史提芬說他還是無法相信我媽和羅尼會讓我自己一個人來這裡，我告訴他只要我不去煩他們，他們通常不在乎。史提芬和札德對看了一眼，接著史提芬說希望自己小時候也有這樣的自由。我告訴他們羅尼的工作，然後發現札德會跟我搭同一輛火車是因為他之前在科羅拉多禪修。我問札德，你是在修什麼？是要修理一個軍團的忍者武士嗎？札德笑了，又聳聳肩一副自己也不知道的樣子，但史提芬說修行跟修理不同——這是指一群人閉關到一個地方思考。我告訴他們我總是在思考，不需要特別到某一個地方去。

噢，我忘了說，我總算看到他們的火箭了！史提芬把它從車子裡拿出來，它是藍白色的，跟我差不多高，真的很酷。史提芬用他女朋友的名字「琳達」替它命名。他報了西威大賽，只要某個人或隊伍能把火箭送上二十萬英呎的高空，而火箭回來的時候還是完整的，就可以得到五萬美金。史提芬說他們一定會贏，因為札德的另一個室友奈森是他們火箭的設計者，而奈森是個數學天才，但他因為程式設計的工作要加班不能來。

史提芬說他很興奮，五萬美金可不是開玩笑的。我說，這讓我想到，你們知道任何天文笑話嗎？我一直在蒐集好笑的天文笑話。他們說不知道，所以我說了其中一個。

我說，為什麼月亮上的石頭嚐起來比地球上的石頭好吃？

因為他們是小流星。

一開始沒有人笑，我猜他們聽不懂，所以開始解釋。月亮上的石頭是小流星（meteor），發音很像meatier，也就是有更多肉的意思，而肉很好吃，雖然實際上月亮上的石頭應該不好吃，因為並沒有肉，懂了嗎？

札德終於笑了。我說，呼，幸好我解釋了，然後他又笑得更大聲。史提芬也笑了，接著他又把笑話大聲說了一次，不是整個笑話，而是有笑點的那部分。他說，等等，月亮上的石頭更好吃因為它們是小流星，然後又笑了。

我們笑過一輪之後，史提芬的女朋友打給他，一開始他試著小聲的跟她講電話，但他的音量愈來愈大，所以他進到車裡，這樣他想講多大聲就講多大聲。然後我想到史提芬或許可以當那個戀愛中的男人，我告訴札德這個主意，我似乎看到他皺了一下眉頭，但也有可能是光線昏暗沒看清楚，因為接著他笑了笑又聳聳肩。

史提芬馬上就回來了，我猜他不想跟女朋友講那麼久，他一回來就拉開睡袋的拉鍊，弄好枕頭。他說時間晚了，他要睡了，一個人開車累癱了，又等了我們很久。我說，嘿，史提芬，如果你現在就累了，或許你的ＬＯＸ並沒有那麼有效！札德笑了，他在小黑板上寫：我們去看星星吧。這個主意很不錯。

我拉開帳篷的拉鍊，和札德走了出去，天上好多星星，甚至比岩景鎮還多。我聽到札德寫字的聲音，所以用手電筒照他，小黑板上寫著：跟水晶一樣清澈。我說我不覺得，因為小班有一些水晶，裡面有些混濁的物體，今晚的天空比水晶還要清澈。我告訴札德，天空比較像用穩潔擦過的玻璃。

札德在小黑板上寫：告訴我更多。於是我告訴他我爸媽相遇的那晚就像現在一樣，我媽在我八歲的時候告訴我這個故事。她說那時她還在念大學，在一間銀行裡兼職，有一天我爸去換支票，他們對彼此一見鍾情。他邀請她去吃晚餐，她一開始拒絕，但他很迷人，後來說服了她，晚餐過後他們搭電車到薩姆山的山頂，俯瞰整個岩景鎮，仰望滿天星星，就在那個時候，他們第一次接吻。我告訴札德可能就像《接觸未來》裡，阿諾威博士遇到帕爾默．喬斯，他們坐在阿雷西博天文臺的星空下第一次接吻一樣。

接著我跟札德說，不知道我媽現在正在吃什麼晚餐？不知道她正在加熱哪一盒保鮮盒，是紅蘿蔔馬鈴薯湯嗎？還是因為她想在晚餐的時候吃早餐，所以選了午餐肉炒蛋？札德很安靜，雖然他總是很安靜，但不知道為什麼比平常還安靜。過了一會兒，我聽到風吹的聲音，不是沙塵暴，只是微風。我望向周圍的帳篷和RV，還有一些亮著燈。

我跟札德說，你不覺得很奇妙嗎？每個帳篷和RV裡都有像我們一樣要發射火箭的人，我們明天就可以遇到這些人和他們的火箭了耶，他們也會看到我們的火箭。

我把手電筒照向札德，我以為他會寫些什麼，但他沒有，只是繼續望向天空。

錄音檔11
6分23秒

嘿，早安！可惜今早我鞋子裡沒有蠍子。如果有的話，我就可以錄下牠們的聲音給你們聽，雖然我不太確定牠們會發出什麼樣的聲音，也許是跟蛇一樣的嘶嘶聲？

或許沙漠的蠍子只會在人們睡著的時候出現。我整晚沒睡。雖然我有睡袋，但地板還是很硬，火箭黏膠的味道也讓我頭很痛，我還聽見隔壁帳篷的打鼾聲，我很確定是札德的鼾聲。他的鼾聲一陣一陣，就在我覺得他要停下來的時候，他又打了個超大的鼾，大概是平常五倍的音量。或許札德之所以會打鼾或笑得那麼大聲，是用來彌補他白天因為不能講話而沒有發出的聲音。

我有點慶幸自己沒睡著，因為我走出帳篷的時候看到了日出。遠方的山被染成粉紅色和黃色，我用水壺裡的水刷牙漱口，接著我看到遠方兩個愈來愈接近的小點，後面揚起的灰塵也愈來愈大團。前面那輛是貨車，後面則是拖了一節拖車的卡車，它們開進會場，就在那時候我想起來了——今天是發射的日子！

我簡直無法相信這一天已經到了！貨車和卡車上的人下車後開始架帳篷，不是像我或札德他們的那種，他們的帳篷只有屋頂沒有牆壁。接著他們從拖車中拿出摺疊桌椅，並綁上一面巨大的旗子，上面寫著「西南高海拔火箭節」，以及一面寫著「報到處」的小旗子，然後我說，我的媽呀！我的牙刷就這樣從嘴巴裡掉了出來。

我沖掉牙刷上的泥土，從帳篷拿出旅行者3號，黏膠已經乾了，我跑向報到處，就在那時我認出了其中一個主辦者——K&H火箭專賣店的肯・羅素！

我認得他是因為之前他把YouTube影片放在火箭論壇上，就是他在新墨西哥店裡拍攝的影片。他滿臉紅鬍子，穿著綠色的POLO衫，就跟影片裡一樣。他正從拖車裡拿出一大捆電線，我走過去說，嗨，肯，我很喜歡你的影片，還從你那邊訂了所有的火箭零件，你還記得你寄了一個很大的包裹給在科羅拉多州岩景鎮的艾力克・派特斯基嗎？

肯轉過來驚訝的看著我，但接著他笑了，我想起他的門牙中間有個很大的縫隙，猜想他應該很會吹口哨。肯說，他記得那張訂單，接著他看到我手中的旅行者3號說，就是這個了吧？我說，就是它。他說我的火箭看起來很棒，我告訴他我要報到，但有個問題，我不太確定要報名哪一個比賽，我很想報西威大賽，但我的火箭要載著金iPod上太空，所以沒有要再回到地球。

肯又看了看我的火箭，然後沉默了一會兒，接著問我是用那一種引擎，我說是D級引擎，但火箭模擬器告訴我發射的高度應該可以穿越大氣層。肯說，是這樣嗎？我說，是啊。他說我應該報名D級，因為那是給D級引擎的比賽，但他叫我等一下，因為他得先把拖車上的東西拿出來。

我問肯要在哪裡發射，他指向沙漠上遠離帳篷的空地，接著從拖車上拿出發射臺。看到它們的時候我說，那就是發射臺？它們看起來一點都不像！雖然有發射杆卻沒有臺子，而是很大的木頭裝置，看起來像奧林匹克田徑賽的跳欄，應該叫它們發射欄才對。

肯把發射欄抬出來，我幫他插好所有的電線，接著我們在其中一張桌子旁坐下，他打開筆電，從一大堆網路報名的資料中找到我的名字，他在我名字旁邊的欄位注明字母D，代表D級，他說這樣就好了，我是第一個正式報到的人！接著他問，我是自己一個人來的嗎？我說我跟史提芬、札德，還有卡爾．薩根一起來，但他們還在睡。

我問肯，我可不可以借用他的筆電收信，因為小班說要寄給我一些芝加哥的照片，肯說沒問題。於是我登入信箱，但沒收到小班的信。我唯一收到的信是族譜網站寄來的，信上寫：我們找到派特斯基家族的可能配對。

我登入網站，在美國國家檔案的下面，看到我爸的名字：約瑟．大衛．派特斯基。我點開，再度看到他的名字出現在內華達州的婚姻紀錄檔案。真奇怪，上面有個和我爸同名，又同天生日的人，只不過他住在拉斯維加斯而非岩景鎮。檔案上說他跟某個叫做唐娜的女人結婚，但那不是我媽媽的名字，而且我爸媽是在科羅拉多結婚的，不在內華達，所以我很確定這只是個巧合。有時候族譜網站會寄給我一些和我爸同名，但不是我爸的人的資訊，雖然這是第一次遇到和我爸同天生日的人。

總之，我把信箱關起來並向肯道謝，回到我們的帳篷。卡爾．薩根醒了；史提芬去幫我們買早餐；札德在離帳篷有點距離的地方，坐在他的圓形枕頭上盯著前方。我猜他在冥想。

有些其他帳篷裡的人也醒了，還有更多人開車朝這裡來……噢！我認識那個人，她應該是法蘭絲19，哇，她的火箭是紫色的，頭髮也是！

卡爾．薩根，快點，快走吧！

（狗項圈的叮噹聲）

我們去認識一些新朋友！

錄音檔12
5分17秒

每—個—人—都—非—常—酷！

我從來沒有遇過這麼多跟我一樣熱愛火箭和太空的人。這裡有一些和我差不多年紀的小孩，但大部分是大人，我是唯一一個沒跟爸媽一起來的小孩。許多人很驚訝我自己一個人來，但也有人說，從你在論壇上的貼文來看，我一點也不驚訝。我拿出旅行者3號、金iPod和行星學會的會員卡，他們異口同聲的說，哇，真酷。我以為卡爾．薩根在那麼多人面前會緊張，會哭著把尾巴夾起來，但牠只有一開始這樣，後來就愛上大家，而大家也很愛牠。他們都說我幫狗狗取了個好名字。

噢，我終於遇到卡拉西科了！我以為他大概跟羅尼差不多年紀，但他實際上大很多，他把白色的頭髮紮成馬尾，穿著一件上面寫著「愛、和平與火箭」的紮染T恤。這邊很多人穿的T恤都很酷，我每件都想要。法蘭絲19的T恤上寫著「角動量：推動地球運轉的能量」。蓋尼米德和歐羅帕穿著一樣的T恤，寫著「拯救冥王星」，他們也都戴著耳環，不過是戴在舌頭上，後來我知道那叫舌環。我也遇到洗碗少女、波普和巴茲・奧爾德林，不曉得他取這個名字是因為巴茲・奧爾德林是他的偶像，還是他留了又叫巴茲剪[1]的小平頭。巴茲・奧爾德林告訴我他住在拉斯維加斯，我說，某個住在拉斯維加斯的人跟我爸的名字和生日一樣，你說奇不奇怪？他說，嗯，真的滿怪的。

我也看到好多人的火箭，大部分都很巨大閃亮，呃，比旅行者3號大得多。但最酷的無疑是大學隊的火箭。這些隊伍都想贏得比賽，他們的火箭非常大，甚至比史提芬的火箭還大！其中一隊的火箭叫做天行者二號，用《星際大戰》天行者路克的名字命名。另一隊的火箭叫托勒密四世，以古希臘克勞狄烏斯・托勒密的名字命名。他們有自己的發射臺和拖車，得到企業團體的贊助，例如：西威航太、MST工程、巴薩艾羅等這類的大公司。

很多人都說希望藍登・西威能來，但沒有抱持太大的期待。藍登・西威是西威航太公司的執行長，也是西威大賽的創辦人，但他現在可能很忙，因為他的公司要在下星期發射火星衛星，火箭論壇和巴席爾先生的雜誌上經常刊登他想在火星開拓殖民地的文章。有一次，我在新聞上看到藍登．西威，他跟札德一樣禿頭，跟羅尼一樣總是穿著西裝，記者問他為什麼要把所有的錢都投資在登陸火星，難道不能用在別的地方嗎？

大家也經常問我的偶像這個問題。他們會說，地球上有這麼多的問題，地球暖化、中東戰爭、非洲小孩沒有食物和乾淨的水，自己星球的問題都還沒解決，為什麼要上火星，或跟外太空的智慧生物溝通？

你知道我的偶像怎麼跟那些人說嗎？他告訴他們登陸火星的意義，他說如果我們可以完成這麼偉大的事情，人類歷史上史無前例的事情，那我們當然有能力解決地球上的所有問題。哇，我完全同意！

雖然藍登．西威沒來火箭節，但西威航太的人來了。在網路上，你可以從一個人的暱稱前面有沒有加上「西威航太」，辨別出他的身分，而在這裡他們則是都穿著灰色的POLO衫，衣服口袋上有西威航太的標誌。我告訴西威航太愛爾莎、西威航太尼爾森誰

---

1 巴茲剪（buzz cut），一種用電動剃刀理髮的男士短髮造型。

是木星隊的，告訴西威航太史考特誰是PR隊的，PR不像木星是個星球，它是公共關係（Public Relations）的字頭語。我跟史考特說，如果他們發現了一個新的星球，他們應該叫它「公共關係」，這樣他的團隊就可以擁有自己的星球。史考特笑了，然後給我一些貼紙。

愛爾莎說她很喜歡我用火箭模擬器設計旅行者3號時的螢幕截圖，我感覺自己的臉開始變紅，今天真的很熱。然後她給我她的名片，還說如果我以後想在暑假中實習，他們很樂意雇用我。我問她實習是什麼，她說那是一種可以讓你賺取知識的工作。我告訴愛爾莎實習聽起來很有趣，但我要保留做決定的權利，因為巴席爾先生現在一周付我五塊，要我幫他把加油站的雜誌上架。巴席爾先生會把當月沒賣出去的科學雜誌全部送給我，所以我現在的工作就是既賺取知識又賺錢。愛爾莎說我是個談判高手，還說要繼續保持聯絡，在下個學年結束前和我媽好好談談，最後祝我發射成功。

要發射了！我簡直無法相信自己要把金iPod發射到太空了！

錄音檔13
5分28秒

群眾：三……二……一……

（高分貝響聲）

艾力克：我的媽啊，那個火箭飛得好高！

（拍手歡呼聲）

廣播人員：好囉大家，C級的發射到此結束，我們再次給參賽者最熱烈的掌聲。

（拍手歡呼聲）

艾力克：各位，就這樣啦，這是最後的錄音了。我簡直無法相信距離我坐火車離開岩景鎮才過了一天！

艾力克：旅行者3號已經和其他的火箭一起裝在發射欄上，我和卡爾．薩根，還有我們的新朋友都站在報到的帳篷旁邊。午餐之後，更多人湧入會場，有人為了好玩甚至在比賽之前開始發射他們的火箭。現在這裡有更多的小狗、更多NASA的T恤，以及更多穿著NASA T恤的小狗。卡拉西科彈著吉他，唱著我沒聽過的歌……

廣播人員：接下來換D級上場。代表Discovery發現的D、Danger危險的D，也恰好是我的中間名的D。

（禮貌的笑聲）

廣播人員：只是為了讓氣氛輕鬆一點。

（狗兒吠叫）

廣播人員：好囉！D級的第一組參賽者是從聖塔菲來的喬伊和諾亞．泰納。請站上來！大家讓出一點空間……

艾力克：我知道我沒有錄太多你們想知道的東西，見到大家讓我太興奮了，我忙著看他們的火箭、T恤和舌環，結果忘了要錄音！但我應該錄下了火車移動的聲音、高速公路上的車聲，還有夜晚的沙漠、以及史提芬跟他女朋友講電話的聲音，就是那個他可能正在戀愛的對象……

廣播人員：這是喬伊和諾亞．泰納第二次參加火箭節，他們是去年發射雞蛋比賽的冠軍……

艾力克：現在你知道火箭節是什麼情況了吧！是不是很熱血？或許我發射之後可以再買一臺iPod，組一架新的火箭，也就是旅行者4號，這樣明年我就可以回到這裡把它發射出去，然後後年再組旅行者5號……

廣播人員：好囉大家，看來他們已經準備好了。大家一起幫他們倒數吧！

廣播人員：五……四……

艾力克：三……二……

群眾：一……

（高分貝響聲）

（拍手歡呼聲）

艾力克：還在上升！

（啪一聲）

艾力克：他們有兩個降落傘！

艾力克：這裡表現得也很不錯。

廣播人員：D級的漂亮開場，我有預感要打敗他們應該不太容易。在諾亞和他爸去取火箭的時候，讓我們歡迎下一個參賽者，艾力克．派特斯基！

艾力克：換我了耶！就是現在！

廣播人員：艾力克來自遙遠的科羅拉多岩景鎮，你之前可能看過他，就是那個看起來很像卡爾．薩根博士分身的人。艾力克，快上來吧！

艾力克：我來了！

（急促的腳步聲）

廣播人員：艾力克，你要去哪裡？控制發射的裝置在帳篷這裡。

艾力克：我要把一個東西放進去！

廣播人員：看來我們的參賽者正在做最後的調整。

艾力克：好啦，各位，希望你們喜歡我所有的錄音。我要把金iPod的充電器也放進去，這樣你們才可以充電。真希望我可以像我的偶像一樣講出既優美又詩意的句子，例如我們像陽光照耀之下的懸浮塵埃，要航向廣闊無垠的宇宙之類的，但我沒有要這麼說，所以如果你們收到了，請告訴我一聲。再見啦！我的意思是，嗨！

（窸窸窣窣聲）

（掌聲悶響）

艾力克（有段距離）：好了，我準備好了！

廣播人員：各位，他準備好了，讓我們幫他一起倒數！五……四……

群眾：三……二……一！

（高分貝響聲）

（震動聲）

（群眾嘆息聲）

（砰一聲）

錄音檔14
7分47秒

（風聲）

（布料啪啪作響）

我無法相信……（悶響）……它還會亮……

我以為它一定會壞掉。

（啜泣聲）

你們一定會好奇……好奇如果旅行者3號已經飛到太空中，該怎麼繼續錄音？

旅行者3號沒有飛到太空，它甚至還沒飛到一百英呎高，然後就……

（啜泣聲）

我又不知道自己在說什麼了。

我不應該對那個叫諾亞的小孩大吼。我說那都是他爸幫他做的，但我沒那個意思。我不討厭他，但我的火箭失敗了，心情很不好，而他的飛得非常高，我的火箭飛得甚至沒他的一半高，火箭模擬軟體一點也不管用……

但後來我跟諾亞道歉，他原諒了我，他爸也說沒關係，沒什麼大不了。大家都告訴我沒關係，他們都有類似的經驗，總是還有下一次。我說我知道還有下一次，但這次沒成功是我的錯。

一路上的新事物讓我過於亢奮，等到了會場後，狀態不好的我搞砸了組裝旅行者3號的工作。

（啜泣聲）

雖然發射失敗了，但金唱片沒有留下任何紀錄，我的偶像希望呈現最好的一面，他不會想在裡面放任何關於火箭爆炸的訊息，因為萬一你們收到後，以為我們製作火箭是為了讓你們的星球爆炸怎麼辦？這樣或許你們會被嚇得躲起來，又或者你們會想辦法在我們把你們炸掉之前先把我們炸掉。

但我的偶像也說擁有知識比無知更重要，最好找出並接受事實真相，雖然真相未必讓人感到愉快。我希望跟我的偶像一樣呈現最好的一面，但我也相信真相，這就是為什麼我要告訴你們發生了什麼事……為什麼我要告訴你們火箭墜毀的原因。

最糟糕的是，我就差那麼一點點。我已經到了火箭節的會場，天氣很好，交了這麼多新朋友，他們也都在看，如果我小心一點，事前練習發射，應該就可以避免火箭墜毀。

我以為金iPod也會摔壞，而我失去了所有的錄音檔，當我一無所有的哭著回到帳篷時，發現卡爾．薩根也在哭，我緊緊抱住牠，把鼻子埋進牠的毛裡，和牠一起哭。

就在這時，我也不知道為什麼，我腦中一直在想族譜網站寄來的通知，就是那個跟我爸同天生日，但住在拉斯維加斯的人，我現在也還在想這件事。那個住在拉斯維加斯的人會不會真的是我爸？我知道我媽和羅尼都說我爸在我三歲就死了，但搞不好他還活著，只是他們不知道。搞不好他發生意外的時候沒有死而是得了失憶症，醒來的時候忘了名字和生日之外的事情，也忘了他在岩景鎮的家人。如果真的是這樣呢？我是不是應該去拉斯維加斯搞清楚事情的真相，搞清楚那個人到底是不是他？畢竟，我的偶像相信真相，所以我也應該這麼做。

我之前沒想過這些問題，直到現在才開始思考。之前我還在颳颶風，直到我的眼淚弄溼了卡爾·薩根，這次的情況比在火車站的那次還糟，可能是個四或五級的颶風。接著，我看到帳篷上的影子，我拉開拉鍊，是札德，他拿著小黑板，但上面是空白的，我要他走開。我不知道為什麼，但我很氣札德。

接著，西威航太史考特和愛爾莎也來了，他們拿著旅行者3號的部分碎片，我說很抱歉我的火箭失敗了，如果他們不想再雇用我當實習生我也能理解。

但他們只是給了我火箭的碎片，史考特告訴我沒關係，即使最優秀的人也曾失敗，事實上，西威航太發射雲端1號火箭也失敗過。我說，真的嗎？史考特說，是啊。他說當時他們還是一個很年輕的公司，他們花了很多時間準備，在發射的前八個月，每個人晚上和周末都在加班。

終於到了要發射的時候，其中一個輸油管發生故障，導致火箭爆炸。史考特說大家的情緒都很低落，有些人哭了，就跟我一樣，因為他們覺得自己的努力都白費了。

他問我，知道之後發生了什麼事嗎？我搖搖頭，他說藍登·西威走到全公司前面對他們講了一番話。藍登告訴大家，一開始他們就知道會遭遇失敗，畢竟這是火箭科學，而這只是他們第二次的試驗。他說現在是最關鍵的時刻──在失敗後如何反應。他們可以選擇讓失敗成為阻止他們前進的原因，或者可以花雙倍的努力，搞清楚錯誤在哪裡，彌補它，以換取下次的成功。藍登．西威告訴他們，無論如何他都不會放棄，他也希望他們不要放棄。

下一艘火箭他們只花了三個月就建好了，而不是八個月，這就是載著宙斯太空船到國際太空站的那艘火箭。在聽完史考特的話之後，我哭得比較不厲害了。

愛爾莎把金iPod還給我，她說，你看，還可以用呢！我按下中間的按鈕，螢幕正常亮起。愛爾莎說西威大賽的發射不久後就要開始了，問我想不想跟她和史考特一起看？我想著藍登說從失敗中學習的那番話，告訴愛爾莎我想看，但我要先錄下給你們的這段話。我說我要繼續錄音，因為我要花雙倍的努力，就像藍登說的那樣。

現在，我要去看西威大賽，從大學隊身上學習如何組裝火箭，然後我要組裝旅行者4號，如果它也失敗了，那我會從失敗中學習，然後再加倍努力，用四倍的努力組裝旅行者5號。我也要去拉斯維加斯找可能是我爸爸的那個男人，如果他真的是我爸爸，又得了失憶症的話，我要幫他記起自己的身分和家人，這樣他就可以幫我組裝新火箭，就像諾亞的爸爸一樣，我們會組得更好更快。我爸也可以當那個戀愛中的男人，因為他愛我媽，明年我們全家可以一起回到這裡，當然也包括羅尼，我們可以一起把載著金iPod的火箭發射到太空去，一定會很棒。不，會比很棒還要更棒，會非常完美。

錄音檔15
7分58秒

哈囉，各位，很多人已經離開會場了。

只剩下少數幾個人在這裡，發射欄已經撤了，報到帳篷也收起來了，頒獎典禮之後，肯．羅素就把它們撤了下來，明天早上我們也會離開，所以如果明天有人開車經過，從車窗往外看，他們只會看到一片平坦的沙漠，甚至不知道這裡有一場大型活動才剛結束，因為他們錯過了。

或許你們收到金iPod之後會來地球，到那時我們的星球上可能不會有任何人，因為你們也錯過了，就只有這些錄音可以告訴你們發生了什麼事。我想這就是為什麼我要繼續錄下去——這樣你們來的時候，才知道地球曾經是什麼模樣。

昨天剩下的發射都很精采。我從觀看發射中學到很多。雖然史提芬的火箭飛得很高，但沒有大學隊的高。史提芬事後很生氣，甚至比我更生氣。他打給他的室友奈森，對他大吼大叫。天行者隊去找他們的火箭時，史提芬說希望他們的火箭摔下來，沒辦法贏西威大賽。接下來在頒獎典禮的時候，史提芬說如果他和奈森的火箭也有知名贊助商，一定可以表現得更好，還有他們下一艘火箭也要像天行者隊那樣把錄影機放在火箭上，然後把錄下的影像放在YouTube上賺廣告費。我覺得史提芬只是嫉妒而已。

噢，對了，最後那個叫諾亞的男孩和他的爸爸贏了D級的比賽。我看著他們上臺領金色的獎盃和K＆H的禮品卡，試著回想藍登說要雙倍努力的那番話。但我真的很為諾亞和他爸爸高興——他們組裝了一艘很棒的火箭。接下來在烤肉的時候，肯．羅素走到我這邊，給了我一件K＆H的T恤。

我問為什麼？他說這是一個特別獎，要給最努力的人。我試穿T恤，對我來說太大了，他只剩下成人的XL——也就是特大號（Extra Large）的字頭語。我說，你沒有其他稍微小一點的嗎？肯笑著說，你會長大的，他的大鬍子在風中微微搖晃，看起來很壯觀。

肯也給我他的名片，他說如果我到新墨西州的陶斯，記得去店裡打個招呼。我問他陶斯離拉斯維加斯近嗎？他說拉斯維加斯在更西邊，我又借了他的電腦查拉斯維加斯到底有多遠，然後試著把回程的車票改去那裡……

噢，你們看那邊，札德拿了木頭回來，其中一隊大學隊正在拆他們的發射臺，札德問他們可不可以把那些木頭給我們生營火。史提芬應該會很高興，因為他氣完之後，一直提到營火。除了他的ＬＯＸ生意和女朋友，史提芬就只會提到營火。

（木頭碰撞聲）

嘿，札德，你拿了好多木頭，我們的火會生得很旺！

（札德的笑聲）

我猜札德要開始生火了，他正在把乾木材和小樹枝堆成一堆……

什麼？噢，沒問題，你可以用幾張。

（撕紙聲）

札德想要幾張我筆記本的空白紙。

現在他把紙揉成一團，把它們放到乾樹枝中，我猜他要用兩根木材鑽木取火，直到開始冒煙為止……

噢，等等，他有打火機。

嘿，札德，這樣不算作弊嗎？

（札德的笑聲）

紙著火了，一些乾樹枝也被點燃了。

現在札德把一些比較小的木材也加進去。

嘿，札德，史提芬說得沒錯，你真的是生火高手！

（札德的笑聲）

總之，我要說的是，我借用肯的筆電想把我的火車票改到拉斯維加斯，但它說改車票要付額外的手續費……

對不起，札德……什麼？

（寫字聲）

對，我說的是拉斯維加斯。

（寫字聲）

因為我爸可能住在那。

（寫字聲）

我也以為他死了，但族譜網站上說有某個住在拉斯維加斯的人和他同名又同天生日，所以我想或許他沒死，可能只是得了失憶症……

（寫字聲）

你沒有手機和筆電！我要怎麼給你……

（寫字聲）

噢，對耶！我們可以用史提芬的，但這個火怎麼辦？

（寫字聲）

噢，好吧，那我們去找他。

各位，等等喔，我要給札德看一個東西。

錄音檔16
7分16秒

嗨，各位，我回來了。

錄完上段錄音之後我們找到史提芬，他正想辦法要把剩下的ＬＯＸ賣給還在那邊的人。史提芬看到我們的時候說，火生得怎麼樣？我回頭看看我們的帳篷，因為札德沒有繼續加木材，火很快就燒完了。我告訴史提芬，生得不太好，但可以借用一下你的手機嗎？我想給札德看一個東西。

我登入我在族譜網站的帳號，給他們看在內華達州婚姻紀錄檔案裡那個可能是我爸的人。然後我說，你們看，他的生日和名字跟我爸爸一樣。

史提芬說，那又怎樣？可能只是個巧合。我說，我也這麼想，但這個巧合未免太奇怪了，他們不只同名，連生日也同一天。

史提芬問我，我爸媽是不是離婚之後再婚？我說沒有，我爸媽在薩姆山愛上對方之後就結婚了，在生下羅尼後的十三年又生了我。

札德想看手機，所以我把手機給他，他叫我拿著他的小黑板和粉筆，開始用手機搜尋，他打字很快。

我說，嘿，札德，不能上網的禁令怎麼辦？我以為他會笑，但他很專心看著手機，接著給我們看一個網站，上面有我爸的名字，下面還有一個地址，在內華達州拉斯維加斯。

史提芬和札德互看了一眼，然後札德看著我，我把他的小黑板和筆還給他，因為他一副想寫什麼東西的樣子。札德寫下：我們本來就要去，然後拿給史提芬看。史提芬說，我們本來就要去？

史提芬看著我，然後又看看札德，然後說，不行，我們不能帶他一起。

我說，帶誰一起？帶我嗎？帶我去哪裡？

史提芬說，別提不可能發生的事，這實際上是綁架。札德在小黑板上寫：尋父任務。

史提芬說，不行，別再提任務了，我受夠你的任務！史提芬又開始發飆，我認為他有情緒管理的問題。

但札德還是繼續揮舞著雙手，史提芬不斷說，休想。我說，可以告訴我到底發生了什麼事嗎？札德在「我們本來就要去」的下面寫：去維加斯。

我說，你們要去拉斯維加斯？太完美了！我可以跟你們一起去嗎？

但史提芬說，不行，你不能去。然後轉過身對札德說，況且，之後要怎麼辦，我們不能把他留在那裡啊！札德在小黑板上寫：羅尼。

我猜他的意思是羅尼也在洛杉磯，而且既然他們也住在洛杉磯，他們之後可以帶我去找羅尼。我告訴札德這個主意太棒了。

史提芬說，休想，在拉斯維加斯的行程是屬於我的時間。我說，你的什麼時間？札德擦了擦小黑板，在上面寫：更重要。史提芬說，對他來說或許，但對我可不！然後札德又在「更重要」下面畫線，並揮揮小黑板。我從來沒看過札德那麼激動。

史提芬說那很可能不是我爸，就算是的話，我媽和羅尼沒告訴我這件事一定有很好的原因。我告訴史提芬他說得沒錯，一定得有一個很好的原因，我認為原因就是我爸得了失憶症，忘了自己在岩景鎮的家人。我說，如果我去拉斯維加斯，可以幫他記起自己是誰，把他帶回岩景鎮，讓跟我媽在一起，愛她、抱她就像她告訴我他之前會做的那樣。他們可以睡在同一張床，早上我會輕敲他們的房門說，你們醒了嗎？我會在他們快要醒過來的時候，爬上床鑽進他們之間，因為那會是個很冷的早晨，但我們有毯子，可以幫對方取暖，然後卡爾・薩根也會一起跳到床上，我們都笑了，因為被牠嚇了一跳，我們會說，噢，卡爾・薩根，真是淘氣的小狗狗。

我看看札德，他不再揮舞手中的小黑板。他看著史提芬，史提芬皺眉，然後跟札德說，如果我們帶著他，我在做生意的時候你要負責照顧他。

我說，什麼生意？他說，那是我的私事。我說，那我的火車票呢？我花了很多錢在那張車票上，札德在小黑板上寫，想辦法退款，又指指自己。

接著史提芬說，等等，先別計劃得那麼早。他說我應該先打給我媽，問她我爸是不是曾經住在拉斯維加斯，接著再打給羅尼，如果他們都同意，他才會載我。

我借了史提芬的手機打給我媽，但她沒接，或許她又進入安靜時間。所以我留言說我在火箭節，雖然旅行者3號失敗了，但其他的一切都很棒，我交了很多新朋友，然後族譜網站說拉斯維加斯有個男人跟爸爸同名又同天生日，所以或許他還活著，只是得了失憶症。史提芬和札德要帶我去看看那是不是真的是他，因為他們回洛杉磯的路上會經過那裡，之後他們會帶我去找羅尼，所以我可能得晚一、兩天回家，希望一切順利，因為我只幫妳做了周末的食物，我愛妳。

接著我打給羅尼，我聽得出他正在忙別的事情，可能在讀體育新聞之類的，因為他在忙的時候，就只會回：嗯嗯，不管我說了什麼。事實上他沒專心聽電話的時候正是讓他同意的最好時機。

我說，嘿，羅尼，我現在正在火箭節，我從網站上收到一則通知，然後他說，嗯嗯。我說，我發現一些關於爸的事情，但我不確定是不是真的，然後他說，嗯嗯。我說，史提芬和札德可以帶我去調查清楚，因為我的偶像相信事實真相，而我也是，然後他說，嗯嗯。接著，我本來要告訴羅尼之後我要去洛杉磯拜訪他，但我想，給他一個驚喜應該很好玩，所以我說，現在洛杉磯的天氣如何？然後他說，嗯嗯。我說，噢，所以應該是一個拜訪的好時間囉？然後他說，嗯嗯，又說要去見一個潛在的客戶，要我告訴媽不要開那麼多冷氣，這個月的電費太高了。我說好，我會告訴她，然後他說，拜，之後再聊。

我知道羅尼沒有真的說好，但他也沒說不好，而且我等不及想知道當他看到我和卡爾・薩根後的反應，搞不好我們還會跟我爸一起！我無法相信我就要去拉斯維加斯了，然後再去洛杉磯！

你相信嗎，卡爾・薩根？你相信嗎，小子？

（狗項圈的叮噹聲）

卡爾・薩根也不相信。

錄音檔17
3小時7分15秒

（輕輕的雨滴聲）

你們聽到那個聲音了嗎？

仔細聽。是雨聲。

昨天晚上開始下雨，我不知道沙漠也會下這麼大的雨，但就是下了。札德在他的小黑板上寫：雨季。遠處有雲，一開始看起來又大又蓬鬆，但散開後變成一大片灰色窗簾，它們其實是雨簾，被風吹起皺褶就像真的窗簾一樣。在沙漠你看得到風，雖然你感覺不到。

外面還是一片漆黑。

時間接近早上五點。

我睡得比昨晚多，地板不知道為什麼沒那麼硬了，但我還是沒過幾個小時就醒來。我一直盯著我的全家福照片，我把照片放在皮夾裡，行星學會會員卡後面的那層，不知道我爸是不是還是照片裡的那副模樣？他還是一樣笑容滿面，留著棕色的頭髮嗎？或許他像史提芬一樣蓄了個山羊鬍，也可能像肯．羅素留了大鬍子，又或許他開始掉頭髮，所以打算和札德一樣把頭髮剃掉。或許他和札德一樣愛笑，甚至比札德更愛笑。每次他生病都很快好起來，因為笑容是最好的良藥。

對了，札德昨晚生了很旺的火。史提芬一直說他不認為我和他們一起去拉斯維加斯是個好主意，但札德一把火生起來，史提芬就同意了，我猜是火的溫度打動了他。我們圍坐在火邊的露營椅上，椅子是卡拉西科的，他也還在會場。他隨意撥弄吉他的弦，沒特定彈哪首歌，大多數的時間，我們就只是盯著營火，因為看營火很有趣，雖然我也不知道為什麼，或許是因為火焰總是在改變。

卡爾．薩根也盯著營火，至少一開始是，過了一陣子後牠在我腳邊躺下，我可以看見牠的背一高一低的起伏，就像牠平時睡著時那樣。接著我看看周圍，卡拉西科也睡著了，他睡著時嘴巴微開，吉他放在腿上；札德的眼睛也閉著，但他沒打呼，所以或許只是在冥想；史提芬又在喝ＬＯＸ，還一面吃著烤肉剩下的漢堡。

我抬頭看，覺得自己看到一堆流星，但它們不是流星因為天空中都是雲，它們只是營火的灰燼，然後我感覺灰燼打在我的頭和肩膀，但那不是灰燼，而是開始下雨了。卡爾・薩根醒過來，卡拉西科也是，我們收起椅子，把營火熄滅，然後回到帳篷裡。

（雨聲變大）

你們住的地方會下雨嗎？你們在聽這個錄音時有在下雨嗎？

如果是的話就太詭異了。

或許你們住的地方從不下雨，但總是雲霧繚繞，因為你們的星球是個氣態行星。你們長得很像長鼻子的氣球，平時不走路，而是在雲端飄來飄去。

也有可能你們像一柱光束，當有人從太空看向你們的星球時，就像看向夜晚的地球一樣，有很多發亮的城市，但發亮的不是路燈和房屋，而是你們自己。

也有可能你們長得像鏡子，當你們站在某人前面，你會看到他的倒影投射在你的倒影投射在他的倒影，一直投射到無止境。

小班的媽媽在浴室裡有一面化妝用的圓鏡子，我到他家時喜歡把那面圓鏡子面對牆上的鏡子，影像就會一直投射到無止境。

外面還很黑……

雨比較沒那麼大了，但……

雨下在帳篷上讓聲音變得

比較大聲。

聽起來很……

（輕輕的打呼聲）

（雨聲變大）

（雨聲漸緩）

（雨聲停止）

錄音檔18
11分15秒

（很大聲的流行音樂）

艾力克：嗯……呃……嘿……（聽不清楚的悶響）

（音樂轉小）

史提芬：你剛說什麼？

艾力克：我說，可以請你把音樂轉小聲一點嗎？我在錄音。

史提芬：噢，抱歉。

艾力克：各位，我有好消息要告訴你們！我找到我最愛的餐廳了。我之前最愛的餐廳是漢堡王，但幾個小時之前我們才剛離開我最愛的餐廳，裡面有世界上最好吃的起司漢堡，薯條比我的手指還粗，還有法式冰淇淋蘋果派。

那間餐廳叫強尼火箭，我知道你在想什麼，但強尼火箭裡沒有半艘真火箭。我也犯了同樣的錯誤，我問札德他們，為什麼強尼火箭裡沒有半艘真火箭，甚至連火箭模型都沒有？為什麼這裡所有的東西看起來都很舊？札德在小黑板上寫，這是懷舊風。懷舊的意思是雖然大家不再需要這些東西，但還是喜歡留著它們，例如點唱機、四輪溜冰鞋或盲腸。你們有盲腸嗎？

很抱歉我到現在才錄音，上次錄到一半我睡著了，電池被我用到沒電。今天早上我們離開火箭節會場的時候，我問史提芬可不可以用他車上的USB充我的金iPod——USB就是……呃……我不太清楚它是什麼的字頭語——但我得晚點才能查，因為史提芬的手機正在充電，他的手機也沒電了。可能因為他跟他女朋友講了太久的電話，或發了太多簡訊。

但你們沒有錯過太多，大部分的時間我們都在開車——我們已經開過剩下的新墨西州和亞利桑那，現在天又黑了！史提芬想到拉斯維加斯ASAP，ASAP是盡快（As Soon As Possible）的字頭語，我也想快點到。他說我們只有加油和買食物才會停下來，所以我最好趁那時候去上廁所。但當我們上路後，他卻沒有開得很快，頂多跟道路速限一樣。我說，嘿，史提芬，如果我們想到拉斯維加斯ＡＳＡＰ，那我們應該開更快一點，就像《接觸未來》裡面，阿諾威博士透過甚大天線陣[1]聽到訊號，就馬上跳進車裡開回控制中心，然後……

史提芬：我已經說過——我不想被開罰單，懂嗎？

艾力克：可是你們換手的時候，札德開得很快，他沒有被開罰單啊。

史提芬：札德被開過非常多罰單，你以為像他這麼常冥想，開車會比較不會像瘋子，但你錯了。

艾力克：史提芬說得好，札德，你開車的確像瘋子。

（札德的笑聲）

（小黑板寫字聲）

艾力克：這是個天文冷笑話嗎，札德？你知道我最愛天文冷笑話。

史提芬：我看看，噢……那是他的其中一個禪修問答。

艾力克：什麼是禪修問答？是蟬在休息的時候的問答？

---

1 甚大天線陣（Very Large Array），由二十七臺二十五公尺口徑的天線組成的無線電望遠鏡陣列，位於美國新墨西哥州，是世界上最大的綜合孔徑無線電望遠鏡。

（札德的笑聲）

（敲小黑板的聲音）

艾力克：札德想要我唸出來給你們聽。上面寫，用一隻手拍手會拍出什麼聲音？

艾力克：很簡單啊，札德。就像兩隻手拍手的聲音一樣，只是比較小聲，像這樣。

（輕輕拍的聲音）

（札德的笑聲）

史提芬：札德超愛這種。他有告訴你他之前是那種激勵大會的演講者嗎？在他搬進來跟我和奈森住之前。

艾力克：真的嗎？

史提芬：千真萬確。那些演說是關於如何幫助像他一樣的矮子找到更多自信。他寫了一堆關於這個主題的書，後面應該有一些，找找那個……

（翻找東西的聲音）

（翻頁聲）

艾力克：哇嗚，真想不到耶，札德跟我的偶像寫了差不多一樣多的書！只不過書名不是《黯淡藍點》或《超時空接觸》，而是《與理想同高》和……《六英吋的距離：如何贏得自信與尊重》和《如何吸引夢想中的女人》。

史提芬：你知道嗎？我最近在看這些書，其實有些不錯的想法。札德，你沒繼續演講和寫作真的很可惜。

艾力克：你為什麼沒有繼續呢，札德？

（超車聲）

史提芬：因為他離婚後，有次上臺卻講不下去，然後他就跑到印度尋找某個宗教導師，但始終沒找到。他回來之後，把大部分的錢捐給慈善團體。我還是沒辦法相信你居然這麼做，札德。

史提芬：我一直告訴他，他應該寫一本關於離婚和到印度之類的新書，我可以幫他賣書。有個女人寫了本類似的最後變成了暢銷書！

艾力克：史提芬，你總是想著怎麼賺錢或贏得ＢＭＷ，你很有企業家精神。

史提芬：你真的這麼想？我猜你說得沒錯，嗯。

艾力克：札德現在就只是看著窗外。嘿，札德，你也變成卡爾．薩根了嗎？

（札德的笑聲）

艾力克：札德，我知道怎樣讓你心情變好……天文冷笑話！

（札德的笑聲）

艾力克：聽好囉，太空人多久拉一次屎？

（超車聲）

艾力克：札德放棄了。

艾力克：答案是……月蝕。

（札德的笑聲）

艾力克：札德，真高興你喜歡我的笑話！我有另一個……

史提芬：你看，到了！

艾力克：到哪了？

史提芬：維加斯。

艾力克：我看看……哇嗚！卡爾・薩根，快看，好多燈！

（狗項圈的叮噹聲）

艾力克：真希望你們現在可以看到這個，拉斯維加斯就在我們的正前方，閃爍的燈光就像銀河或像橘白相間的星雲。我們和周圍的車正朝著它的方向開，就像一群飛蛾朝著某個門廊的光源飛去……

（小黑板寫字聲）

艾力克：札德說我們應該叫它拉斯蛾加斯。

（艾力克的笑聲）

艾力克：說得好，札德！

（札德的笑聲）

艾力克：嘿，史提芬，可以借用你的手機嗎？我想把那個可能是我爸的男人的地址輸入Google Map。

史提芬：呃，我們應該等到明天再去見他。現在已經很晚了，而且還要再開好一陣子才能到市中心。

艾力克：噢……

史提芬：嘿，別怪我，之前是札德提議要在強尼火箭停下來吃飯的。

艾力克：但我們也可以外帶，就在車裡解決，只是你不想。史提芬，我會注意乾淨，我知道你女朋友很在乎清潔。

（札德的笑聲）

史提芬：嗯，隨便啦。

艾力克：我們待會到拉斯維加斯的時候就要睡覺了？

史提芬：怎麼可能！晚上的拉斯維加斯才是最精采的時候。燈火通明，還有很多開二十四小時的賭場、餐廳、商店，還有俱樂部，就像一座有史以來最大、最好玩的購物商城。

艾力克：聽起來的確很好玩。

艾力克：噢！我剛想到我可以錄點什麼聲音給你們聽……

史提芬：什麼？

艾力克：我在跟他們講話。

史提芬：噢，抱歉。

艾力克：史提芬，沒關係！總之，既然我已經錄了史提芬跟他女朋友說話的聲音，我也應該錄下那個可能是我爸的男人聲音，在我幫他回憶起他還愛著我媽之後，然後等我們到ＬＡ，還可以錄羅尼和他女朋友蘿倫相愛的聲音。愈多愈好！

艾力克：嗯……既然現在是二十一世紀，我也應該在金iPod上放男人和男人戀愛的聲音，以及女人和女人戀愛的聲音……

艾力克：男人和男人的部分很簡單，因為諾頓．雅各有兩個爸爸，但我要去哪找女人和女人？我不認識任何女同志。我覺得我的數學代課老師傑夫小姐可能是女同志，但就算她是，我還得去找另一個她愛的女生，因為只有一個女同志沒有用。

（札德的笑聲）

艾力克：嘿，札德，有什麼好笑的？

艾力克：嘿，史提芬，你認識任何女同志嗎？

史提芬：呃，臉書上的朋友應該有一些。

艾力克：太完美了！我們可以錄她們的聲音，還有，你知道要去哪裡買聽筒和腦波儀嗎？

史提芬：我跟她們沒有那麼熟。

艾力克：噢，好吧。或許我們在拉斯維加斯會認識一些女同志。

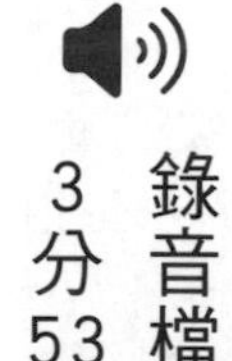

錄音檔19
3分53秒

我在天空中！我們在平流層的頂端！但實際上沒有到平流層那麼高，還差得很遠。我說的「平流層」是一間在拉斯維加斯像太空針塔一樣的賭場旅館。我問札德，它沒有到太空為什麼還要叫太空針塔？札德在小黑板上寫，因為懷舊。

拉斯維加斯非常大，到處都是燈，大概有一百萬盞建築物的燈和路燈，以及在街上來回跑的車燈，那些燈一路延伸到我視線的盡頭。有些燈比較暗，我猜那邊是住宅區，或許可能是我爸的那個人也住在其中一棟房子裡。很難分辨是哪一棟，因為我現在可以看清楚的建築只有旅館和賭場。這裡有艾菲爾鐵塔、凱薩皇宮、中世紀城堡、紐約市、很大的玻璃金字塔和獅身人面像，彷彿全世界的驚奇都擠在同一個地方。如果你們有一天來拜訪我們，可以選擇降落在拉斯維加斯，這樣馬上就能了解人類的文明。

「平流層」不讓小狗進來，所以史提芬負責看著卡爾．薩根，希望我不在牠會沒事。我們抵達拉斯維加斯後，找了一間可以帶狗狗入住的汽車旅館，停好車，走路到賭城大道，就是那條最主要的道路。路上很多棕櫚樹和各種顏色的燈，感覺好像有一百萬人在那邊，卡爾．薩根一開始很緊張，哭叫著躲到我腿後，我不得不把牠抱起來，以免被牠的狗鍊纏住。我告訴牠：小子，沒事的，你跟我在一起很安全，但我可以感覺牠在發抖，雖然外面很熱，卡爾．薩根真的很害怕。

噢！我發現史提芬的私事是什麼了，我不知道為什麼之前他不想告訴我。我們一邊走，史提芬一邊把名片遞給路人，告訴他們如果想賣手機，發個簡訊給他就可以了。我很驚訝許多人拿了他的名片——他們不需要手機連絡事情嗎？史提芬說有些人到了賭場裡會花光所有的錢，又還想繼續玩，讓事情變得有點緊急，而他想幫助他們，用現金換他們的手機。史提芬還真貼心。

你們住的地方有賭場嗎？我和札德要經過樓下的賭場，才能來到觀景瞭望臺。賭場就像遊樂中心，但有更多燈，也更吵，非常吵，有時候我甚至無法聽到自己思考的聲音。我們看別人玩吃角子老虎，每隔一陣子，某個人就會贏很多錢，但他們既沒有大叫也沒有表現出興奮的樣子，只是繼續玩，好像從來沒贏錢。如果我贏了錢，我一定會非常開心，因為這樣我就可以買旅行者4號的零件，但他們不讓小孩玩，至少要滿二十一歲，我沒滿，就算用負責任的年齡來算也沒滿。

或許那個可能是我爸的男人在賭場贏了很多錢……不知道他有沒有來過平流層。或許他在失憶症之後來過，而在往外看到拉斯維加斯的燈光時，突然產生了一種奇怪的感覺，因為那使他想起跟我媽在薩姆山上的情景。但他不知道為什麼，因為他得了失憶症。

或許我明天見到他的時候，可以問他，他在平流層最頂端有沒有這種奇怪的感覺，如果他說有，我就可以告訴他原因，然後幫助他想起來。

不知道他有沒有很強壯的手臂？他把我舉到空中的時候，會不會發出像火箭發射一樣的聲音？或者他會覺得我年紀太大了，不適合這麼做。

不知道他……

噢，好吧，札德。

札德說我們該走了，觀景瞭望臺要關了。

錄音檔20
6分52秒

在賭城大道以外，拉斯維加斯其他地方安靜很多。也暗很多。

我看到最亮的燈是停車場那些高高的燈，有一堆蛾圍著它們飛。這裡的蛾好多，真的應該要叫拉斯蛾加斯。

我等不及要告訴卡爾·薩根平流層的一切，不知道牠累不累。史提芬說有人稱紐約為不眠之城，但拉斯維加斯也是不眠之城，史提芬說得沒錯。現在是凌晨一點二十八分，但我一點都不想睡，薩爾達的停車場快滿了，所以我猜很多人也不想睡。

薩爾達是某種……呃，有點怪的賭場。我本來以為它像電腦遊戲裡的古堡，但其實不像，它也不像那種上面有旅館的巨大賭場，比較像老舊的地下室，但光線更暗，而且擠滿了牌桌和人。我得捏住鼻子，因為整個地方就像菸灰缸一樣臭。

札德已經進去五分鐘了……

希望他沒有走丟，也希望卡爾．薩根沒事，因為待在音樂很大聲地方會讓牠緊張，例如現在這裡。

不知道為什麼史提芬要把牠帶來？為什麼不待在飯店的吧檯就好？

我覺得我的褲子裡又開始長螞蟻了。

我們甚至不曉得史提芬和卡爾．薩根在這裡。我們去了史提芬做生意的酒吧，但沒有看到他們，然後我去廁所找，也沒看到他們，所以札德走到吧檯酒保那裡，在小黑板上寫，電話？酒保問他，你是札德嗎？札德點點頭表示：是。

酒保給我們一張留言，那是史提芬留的，上面寫：我去薩爾達BRB，BRB是馬上回來（Be Right Back）的字頭語。我問札德，薩爾達是什麼？史提芬什麼時候回來？我以為我們要和史提芬和卡爾．薩根在這裡會合。札德聳聳肩一副不知道的樣子，但接下來他似乎在思考。接著，札德在小黑板上寫，走吧，去薩爾達。所以我問酒保，可以請你告訴我們薩爾達在哪裡嗎？他說離這不遠，然後告訴我們怎麼走。

我們從吧檯後面穿過停車場，走到路的盡頭，又經過兩個停車場才到薩爾達。我們走進去，裡面又吵又擠又冷，他們把冷氣開得很強。幫客人端飲料的服務生都戴著銀色珠子項鍊和有羽毛的頭巾，保全人員都……

無法辨識的男子1：嘿，看看那裡……

無法辨識的男子2：哇嗚！那個小孩在那裡做什麼，哈哈。

無法辨識的男子1：嘿，小子，你走丟了嗎？

艾力克：先生，沒有，我只是在等我朋友。

無法辨識的男子2：他叫你先生耶，哈哈！先生，沒有。

無法辨識的男子3：小子，怎麼啦，他們不讓你進來嗎？

艾力克：是啊，他們不讓我……

（男人的笑聲）

（很大的音樂聲）

艾力克：……進去。

（音樂聲漸弱）

艾力克：嗯……總之，我要說……

（很大的音樂聲）

史提芬：你這個不負責任的人！

（音樂聲漸弱）

史提芬：你們為什麼不等我！

艾力克：呃……

史提芬：札德，你有看我留給你的字條嗎？我知道你不說話，但你總識字吧？

艾力克：史提芬？

史提芬：所以你看不懂BRB的哪個部分？馬上回來（Be right back）。這裡是這附近最熱門的地方！貓途鷹旅遊網站（TripAdvisor）說這是當地人……

艾力克：嘿，史提芬？

史提芬：等一下，艾力克。札德，你知道我等了多久才進來嗎？而且好不容易才等到位置！之前站了二十分鐘……

艾力克：卡爾．薩根呢？

史提芬：……我好不容易找到位置跟莊家，我感覺得出來她是認真的，她一直對著我笑……

艾力克：史提芬。

史提芬：我的意思是，我正進入連勝的狀態，你也看到那麼多人在替我加油。我本來可以贏雙倍的錢！我只是要再玩幾場就馬上回去……

艾力克：可是史提芬……

史提芬：我說等一下。札德，你聽好，你不能再多照顧他一會兒……

艾力克：史提芬！

史提芬：什麼事！

艾力克：卡爾．薩根在哪裡？

史提芬：卡爾．薩根在哪裡……

艾力克：沒錯，我在問你。

史提芬：牠不在你那裡？

艾力克：當然不在我這裡！之前牠跟你一起在酒吧，然後我直到剛才才遇到你，牠怎麼會在我這裡！

史提芬：可是我把狗綁在禁止停車的牌子下，那是在……我以為……

艾力克：什麼？我沒看到……

艾力克：牠不在那裡，牠在哪裡？

史提芬：呃。

艾力克：牠、在、哪、裡？牠、在……

錄音檔21
6分18秒

無法辨識的男子：艾力克，你聽我說，告訴他們發生了什麼事。

艾力克：沒有用！那要……怎……麼……（哽咽的聲音）

無法辨識的男子：有時候把事情說出來會比較好。

艾力克：我很抱歉……

艾力克：我試著想勇敢一點。

無法辨識的男子：你已經很勇敢了。

無法辨識的男子：我去跟經理談談。或許監視器有錄到牠去哪裡，我們會找到牠的，好嗎？

艾力克：好……

（啜泣聲）

（很大的音樂聲）

（音樂聲漸弱）

嗨，各位……

我很抱歉我又生氣了。

我很氣史提芬，而且他還……

他還說弄丟卡爾．薩根不是他的錯，狗鍊可能斷掉之類的，然後我就開始對他大吼。

（啜泣聲）

我說，你說不是你的錯是什麼意思！為什麼你丟下牠，你不能丟下牠！

牠最討厭獨處了！

（啜泣聲）

史提芬叫我不要再哭了，但我沒辦法，這次颱颶風的程度甚至比火箭失敗還厲害。我超氣史提芬，還拿起金 iPod 砸向他。

我沒好好照顧我的所有物，也沒好好照顧我最好的非人類朋友……

（啜泣聲）

史提芬去停車場找卡爾．薩根，口中說著，那隻狗一定在這裡的某個地方，牠不可能跑太遠。

我問札德為什麼史提芬一直叫牠那隻狗，牠明明就有名字，叫做卡爾．薩根。札德從地上撿起我的iPod，蹲在我面前說，我們會找到卡爾．薩根的。我說，你講話了！

札德居然開口講話，我好驚訝！

你剛聽到的就是他的聲音。

我告訴札德，我很抱歉害他講話了，札德把小黑板放在地上，也把粉筆放在地上，我看著粉筆滾離小黑板，開始哭得更大聲。

札德告訴我，如果我想找到卡爾．薩根的話，就要勇敢一點。我說，我要怎麼勇敢，把牠弄丟讓我好難過，我好怕沒辦法找到牠，也很擔心牠會不會肚子餓？

札德說，正是這種時候才要勇敢，如果一個人只在快樂的時候勇敢，那就不是真勇敢了。

我現在正試著勇敢一點……

（啜泣聲）

我想打給羅尼……

但現在已經快半夜兩點了，他最討厭我半夜打給他把他吵醒。

但羅尼一定知道該怎麼辦，他總是有對策。

我五歲的時候，有一次媽媽帶我們去貝爾馬的一間大型購物中心，她要幫羅尼買新的籃球鞋當生日禮物。後來羅尼自己去看鞋，我和我媽去另一間店，裡面有很多不同的肥皂，我拿了其中一些來聞，等我轉過身，發現媽媽不見了。

我在購物中心走來走去，以為自己把她弄丟了而哭個不停，後來是羅尼找到我，他問我媽媽在哪，我說我不知道，他說我們一起去找她，結果我們真的找到了，她正坐在購物中心正中央的噴水池邊……

（啜泣聲）

你弄丟過你愛的人嗎？

你有找到他或她嗎？

你是怎麼找到的？

或許你沒有這個問題，因為你從來沒有跟自己愛的人分開過。

或許你們一愛上某個人，你的身體就自動產生一根管子跟他們連在一起，就像狗鍊一樣，不過那是肉做的，而且是從肚臍的位置長出來，你們叫它肉鍊。

又或許你們有別的方法，更好的方法，我的偶像說穿越時空回到過去是不可能的，但我不太確定，或許你們找到了一些新的物理定律，讓事情變得可行。有一天你們聽到這段錄音，會穿越時空幫我一起找卡爾．薩根，或者至少透過衛星傳送一些對策給我，這個對策不像《接觸未來》用傳送器，而是某種類似防護罩的東西，像是覆蓋整個地球的力場，可以防止壞事發生，像是小行星墜毀、太陽膨脹得太劇烈、媽媽安靜太多天、哥哥從家裡搬出去，或者在一個奇怪的賭場外失去你最好的非人類朋友。

你們可以幫我嗎？

拜託？

可以嗎？

哈囉？

錄音檔22
2分43秒

我們還是沒找到卡爾．薩根。

我們一整晚都在找牠，但一無所獲，只好先回汽車旅館，因為札德他們累了，現在將近凌晨四點半。

我猜拉斯維加斯這座城市還是會睡覺。

我沒有像之前那樣颳颶風或打雷了，我試著勇敢，像札德告訴我的一樣。薩爾達的經理說他們沒有在禁止停車的牌子旁架設監視錄影機，但他告訴我們拉斯維加斯有二十四小時的動物管制熱線。

我們用史提芬的手機打過去，動物管制中心的女士接起來，說她叫喬莉。喬莉問我，卡爾．薩根身上有沒有名牌，我說有，她說他們不抓有名牌的動物。我說，那如果牠跑走的時候項圈掉了，或有人綁架牠，把牠的項圈套在另一隻長得很像的小狗身上，竊取牠的身分怎麼辦？喬莉說，親愛的，我很抱歉。我說，不是妳的錯，是我的錯，我不該讓牠離開我的視線，然後我又開始小小聲的啜泣。

喬莉說她可以幫忙確認他們有沒有找到牠，於是問我卡爾．薩根長什麼樣子，我告訴她，牠有金棕色的毛、垂下來的耳朵，以及很長的身體。喬莉叫我在線上等她一下，但當她回來的時候說沒看到符合這些特徵的狗。她問我的電話號碼，我給她史提芬的，她說如果有消息她會再打電話過來。

打完電話之後，我們又繼續在薩爾達的停車場找卡爾．薩根。我們找遍了所有汽車底下和輪子後面，也找了在薩爾達旁邊的幾座停車場。接著我們坐上史提芬的車，開車在附近繞，但在所有停車場和垃圾桶旁邊都沒看到卡爾．薩根，那時差不多已經凌晨三點了。史提芬說或許我們應該從頭再找一次，我覺得這個主意很不錯，所以我們又回到史提芬做生意的酒吧，但卡爾．薩根不在那裡。我猜牠可能在我和札德離開後循著味道來到薩爾達，所以我們去了那裡，但依舊沒有看到卡爾．薩根。我想，或許牠又循著味道從薩爾達再回到酒吧，現在我們都在找對方，但永遠找不到，因為牠總是慢了一步，也有可能我們都意識到自己只是不斷繞圈圈，所以同時停下來等對方。

我想繼續找下去，但札德說幾小時後就要天亮了，我們先回去休息一會兒再接著找，而且白天找起來比較容易。史提芬說等文具店開了之後，我們可以做一些尋狗啟事的海報，所以我現在在等太陽出來。

錄音檔23
7分4秒

今天早上我又打去動物管制中心。這次是個男的，不是喬莉，我又再形容一次卡爾·薩根的樣子給他聽。他叫我不要掛斷，他去看看，過了一陣子他回來了，但他說卡爾·薩根不在那裡。

我們貼了一堆尋狗啟事的海報。今早我們去文具店，接著到昨天所有去過的地方張貼海報。我們去了酒吧、薩爾達，以及附近所有超市的垃圾桶。我滿心期待找到卡爾·薩根，想像著牠從垃圾桶後面跳出來，或從卡車輪子後面一邊跑向我一邊搖尾巴，但什麼都沒發生。接著我們走在賭場大道上，要去某些可能找到牠的地方，我看著從對向走過來的人，看起來害怕又緊張，我似乎可以從他們的臉上看到卡爾·薩根的影子。我問札德他有沒有類似的經驗，然後他的臉也讓我想到卡爾．薩根，雖然札德開始說話了，但他只是點點頭。

我不再對史提芬生氣，他很努力想找到卡爾．薩根，也是他提出做海報的主意。我們又再找了卡爾．薩根一陣子之後，史提芬說，不如先吃點午餐吧，他請客。我說，卡爾．薩根可能還在某處餓著肚子，你怎麼可以想到要吃東西！我們應該回文具店印更多海報，然後把它們貼起來。但札德說，史提芬說得對，我們沒吃早餐，現在得吃點東西，這樣才有體力繼續找卡爾．薩根。

札德說話的時候，我才意識到自己的肚子的確有點空。我說好吧，不然我們再去強尼火箭吃飯吧？史提芬說他有個更好的主意，他說要帶我們去一間叫百樂宮的賭場飯店，吃米其林一星的餐廳，一定可以讓我的心情好一點。我問他誰是米其林一星，是一個賽車選手明星嗎？史提芬說不是，他說米其林的人很懂食物，每年都為最優秀的餐廳評分，拿到最高分的就是三星。我說這樣的話，為什麼我們不去米其林二星或三星的餐廳？史提芬說那些地方需要很早之前先預定，還有某些服裝上的規定，他們一定不會讓穿涼鞋的札德進去。史提芬說，總之他要帶我們去的地方比強尼火箭好吃得多，他保證我一定會喜歡。

食物還可以。我們點了主廚午間特餐，意思是總共有五道菜，由主廚幫你調配菜色。服務生問我們有沒有任何會過敏或不吃的東西，札德說他吃素，我說，你們有冰淇淋蘋果派嗎？

當我問這個問題的時候，史提芬用一種奇怪的眼神看我。他說這裡沒有這種甜點，甜點師傅會決定我們要吃什麼，而且也會比冰淇淋蘋果派好吃，他告訴服務生別管我的話。

但史提芬錯了，我的甜點是冰淇淋蘋果派！不過我的蘋果派被支解了，意思是派皮看起來像土一樣，冰淇淋變成一灘水，而且裡面沒有半點蘋果，只有一些我一放到嘴裡就消失不見的蘋果泡沫。超怪的。

史提芬覺得我們的食物非常好吃，但說實話我比較喜歡強尼火箭。他說我不喜歡是因為我的味蕾還不夠靈敏。我告訴他不是這樣，我不喜歡是因為我就是不喜歡。史提芬忙著幫每一道菜拍照，說要在Yelp[1]上留五顆星的評價，他和他的女朋友都會這麼做。我又試著想要勇敢一點，但我想到卡爾·薩根可能正在垃圾桶後面哀號，或者想通過一條很寬、

1 美國以餐廳評論為主的知名評論網站。

車又很多的馬路，但太害怕不敢過。

就在我們吃完飯的時候，史提芬的女朋友打來了，他到走廊去跟她講話，回來之後又一副很生氣的樣子。我想或許他根本不愛他女朋友，因為如果愛她，為什麼每次跟她講話都會生氣？然後服務生來問我們想喝茶或咖啡，史提芬說，不想，給我們帳單就好。我打給動物管制中心問有沒有找到卡爾．薩根，他們說還是沒看到牠，我的肚子又開始覺得空空的，但應該不是肚子餓的關係。

史提芬說，如果這個下午還沒找到卡爾．薩根，我們應該要繼續往ＬＡ開，因為能做的都做了，而且，他剛答應他女朋友今晚會回去。我說，你怎麼可以這麼說！我們連半個拉斯維加斯都還沒找過。我和札德從平流層的頂端往下看過，拉斯維加斯非常大，甚至比札德記憶中的還大！史提芬說我們不能永遠待在這裡，我說我要繼續待在這裡直到找到卡爾．薩根為止，然後我想起了那個可能是我爸爸的人。我說，這樣吧，我們去找他，他住在這裡，會比我們更熟悉拉斯維加斯。

史提芬和札德互相對望，史提芬說，這樣不會太複雜嗎？我說，什麼太複雜？札德說，多一雙眼睛總是比較好，他一直盯著史提芬，像是要跟史提芬用心電感應溝通一樣。

史提芬看看我，最後說，好吧，我們去看看，所以我們離開餐廳，我把地址輸入史提芬的手機，接著到了可能是我爸的男人的家。

可能是我爸的男人住的社區很棒，甚至還有自己的高爾夫球場，我們開過一條給高爾夫球車走的小道，接著經過一些有奇怪屋頂的房子，看到一些除草公司的人正在工作，這裡讓我想到小班家的社區，除了這邊的樹都是棕櫚樹。Google Map的女士告訴我們，目的地在右手邊，所以我們往右邊看，接著她說，我們到目的地了，那是一棟有黃褐色的牆和紅色門的房子，我們把車停在路邊，走到門前。

我按了門鈴，沒人回應，於是再按了一次，還是沒人回應。我也沒聽到房子裡有任何聲音，倒是聽見道路另一頭的狗叫，但不是卡爾．薩根的叫聲。

我們回到車子旁邊，史提芬說現在還不到下午五點，可能是我爸的男人也許還在工作，札德說我們再等一下吧，他可能很快就回來了。我說，也有可能我爸在賭場贏了一百萬，所以他不用工作，而是在高爾夫球場打球。還有他留著一大把鬍子，比照片中稍微胖一點，所以我要花一分鐘才能認出他。

不知道他認不認得出我。

錄音檔24
11分38秒

艾力克：好了，開始了。

無法辨識的女人：你希望我……就這樣跟他們講話？

艾力克：對啊，但注意別蓋住耳機孔。

無法辨識的女人：呃，哈囉，外星人？

無法辨識的女人：我……我不知道要說什麼。

艾力克：告訴他們妳的名字。

無法辨識的女人：我的名字是泰拉，很高興和你們對話。

艾力克：告訴他們妳是誰。

泰拉：我是艾力克的……

艾力克：她是我姊姊！

泰拉：半個姊姊。對不起我的舌頭有點打結……我剛剛才發現艾力克和我是……這可不是件小事……

泰拉：喏，你拿著，你比較知道要說什麼。

艾力克：沒關係，姊姊，妳說得很好！

泰拉：我們現在可以先別用這兩個字嗎？叫我泰拉就好。

艾力克：沒問題，姊……我的意思是泰拉。

泰拉：謝了。

艾力克：妳不介意我跟他們說，我們是怎麼發現我是妳的半個弟弟，妳是我的泰拉吧？

泰拉：當然不介意。

艾力克：好。那時我們在房子前面等待，泰拉把車開進車庫的車道，但我那時候還不知道她的名字叫泰拉，也不知道我們有同一個爸爸。我們看到她走出車外，札德和我走到她前面，她說，對不起，我們沒有要買募款的糖果。我告訴她我沒有要賣什麼糖果，我五年級就賣過了，沒什麼意義。我問她，有沒有一個叫約瑟．大衛．派特斯基的人住在這裡？她說，沒有，他不住這；我回答，噢，好，對不起打擾妳了。

我想或許我輸入了錯誤的地址，來到錯誤的房子，但當我轉身要回車裡的時候，泰拉說，等等，你們為什麼要找約瑟．大衛．派特斯基？我說，妳認識他？泰拉接著說那是她爸爸，但他八年前就過世了。我說，怪了，因為我爸也是八年前過世的，那時候我三歲，他的名字也是約瑟．大衛．派特斯基，而且他和妳爸同一天生日，接著她看看我又看看札德說，你們是在開玩笑嗎？

我說，我們沒在開玩笑，但妳知道任何好笑的天文笑話嗎？泰拉說，不知道，你們弄錯人了，接著我從皮夾裡拿出我的全家福照片給泰拉看，我問她，是他嗎？

泰拉看了照片說，你怎麼會有這張照片？我說，從家裡拿來的。泰拉看著我，又看著札德，札德說她應該單獨和我談談，他和史提芬可以在外面等。

我和泰拉一起進到房子裡，裡面鋪了很柔軟的地毯，牆壁是芥末黃的顏色，整棟房子充滿空氣清新劑的味道。我們走過階梯，從走廊來到客廳，泰拉要我坐下，說她馬上就回來，接著我聽見她上樓的聲音。我坐下來，沙發很舒服，我真希望卡爾·薩根也在這裡，雖然牠看到泰拉可能會很緊張，但一旦認識她之後就會變得比較友善，然後就會興奮的在沙發上睡覺。不久後，泰拉從樓梯上走下來，她問我怎麼了，我說我只是想要表現得勇敢一點。

泰拉坐在我旁邊，給我看鞋盒裡的照片。那些照片和我從家裡拿的那張照片很像，只是我爸爸旁邊不是我、我媽和羅尼，而是泰拉和她媽媽，在某些照片裡他甚至還穿著同樣的衣服，我跟泰拉這麼說。

接著泰拉盯著我看了很久——那時我還不知道她是泰拉，因為我還沒問她叫什麼名字，然後她拿出手機。我問她，妳要打給誰？她說要打給她媽媽，但她不像史提芬或羅尼那樣走到房間外面打電話，只是坐在我旁邊，我喜歡她坐在我旁邊。

她對電話另一頭說，有個十二歲的男孩在我們家，我說我十一歲。她說抱歉，有個科羅拉多來的十一歲男孩，給我看爸的照片。泰拉的媽媽說了些什麼，我聽得不是很清楚，但她講了很久，因為泰拉也沉默了很久，接著泰拉掛上電話，甚至連再見都沒說。在那之後，泰拉哭了起來，講了一些我聽不懂的話，說什麼這是家族遺傳。我也開始哭了，我猜可能是因為我不喜歡看別人哭吧。

泰拉停止哭泣，接著我也不哭了，我們就只是坐在沙發上看著火爐，火爐裡沒有木材。我問泰拉，妳叫什麼名字？今年幾歲？她說她叫泰拉，十九歲。我說泰拉這個名字很好聽，妳知道泰拉（Terra）也有地球的意思嗎？我的偶像卡爾．薩根博士曾經提到要把金星和火星地球化（TERRAforming），意思是把它們變成比較適合人類、植物和小狗居住的環境，我現在正在用我的金iPod錄音，讓外太空的智慧生物認識地球，我也去了新墨西哥州的火箭節，要把金iPod發射到太空中，但失敗了。不過這趟旅行讓我遇到史提芬和札德，還交了很多新朋友，現在我要用雙倍努力來組裝旅行者4號，就像藍登．西威跟西威航太所有人做的那樣。我本來要回岩景鎮的，但族譜網站寄了一封關於我爸、同時也是妳爸的電子郵件給我，所以我就來到拉斯維加斯想知道他是否還活著，那時候我以為他得了失憶症。我和札德離開平流層的瞭望臺跟史提芬會合，因為他做完生意後就離開酒吧，但我們到那裡的時候發現我的小狗，也就是我最要好的非人類朋友卡爾．薩根不見了。

泰拉看著我說，什麼？接著突然大笑，把鼻涕噴得滿臉。我也開始笑，雖然我不知道有什麼好笑的，可能是在笑她的鼻涕吧。我們都笑夠了之後，泰拉去廚房拿了一些紙巾讓我們擦臉，我跟泰拉說了更多卡爾．薩根走丟的經過，那時候我們還希望可能是我爸爸男人可以幫我們找牠，但現在顯然沒辦法，那麼，她可以幫忙嗎？

泰拉說她會幫我們，但不是現在，她媽媽很快就會回來，我們應該先跟她談談，如果札德他們不在比較好。她問我，他們有別的地方可以去嗎？我說他們可以先去酒吧，因為史提芬可以在那裡做生意，札德可以在任何地方冥想。他們也可以去薩爾達，因為史提芬很喜歡那裡。她說這個主意聽起來不錯，所以我們走出屋外跟泰拉介紹他們，也告訴他們她是我的泰拉，我沒用那兩個字，因為現在她不希望我說。

我猜史提芬很驚訝我居然有一個泰拉。我在說話的時候，他一直盯著她，嘴巴還微微張開，幾乎沒說話。我說，嘿，史提芬，你變成札德了嗎？然後他說，對不起。接著我說，你可以告訴泰拉你的電話號碼嗎？這樣我們跟她媽媽講完話就可以發簡訊告訴你。史提芬把電話號碼留給她，然後就和札德離開了，我和泰拉回到房子裡，現在我們在樓上她的房間裡錄這段錄音。

艾力克：妳覺得我有把事情發生的經過講清楚嗎，泰拉？

泰拉：艾力克，你講得很好。

艾力克：泰拉？

泰拉：怎麼了？

艾力克：為什麼妳的房間有那麼多妳的照片？

泰拉：讓人很不好意思吧？這都是我媽弄的。

泰拉：但我現在已經不住在這裡了，我只有偶爾回家吃晚餐。

艾力克：照片裡的妳很漂亮，那時妳的頭髮比較長。

泰拉：艾力克……

泰拉：聽好，等她回家的時候我希望……

（車庫門打開的聲音）

泰拉：她回來了，你就待在這裡，等我來找你再出來好嗎？

艾力克：好。

（樓梯的腳步聲）

艾力克：不知道泰拉的媽媽是不是像我媽媽一樣穿花洋裝，因為在泰拉給我看的一些照片中，她穿……

（聽不清楚的吵架聲）

艾力克：呃……泰拉？

（樓梯的腳步聲）

泰拉的媽媽：……我不想讓妳傷心。

泰拉：對，顯然妳成功了。

泰拉的媽媽：親愛的，我和霍華德沒有故意想要……

泰拉：等一下，霍華德？霍華德知道，但我卻不知道……

艾力克：呃……

泰拉：艾力克，別出來。

泰拉的媽媽：他的媽媽呢？她在這裡嗎？

泰拉：沒有，她不在這裡，他是自己來的。

泰拉的媽媽：嗨，寶貝，你是怎麼一路從新墨西哥州來……

泰拉：別把他當小嬰兒。妳為什麼要……

泰拉的媽媽：泰拉，我們得把他送回他媽媽那裡。他一定很害怕……

泰拉：他不是什麼都不會的小寶貝！別這樣跟他說話……

（艾力克的哭聲）

泰拉的媽媽：親愛的，對不起，是不是我們的對話害你……

泰拉：唐娜，夠了。妳總是這樣。

泰拉的媽媽：總是怎樣？我做了什麼，親愛的？

泰拉：別再說了。

泰拉：艾力克，去拿你的東西。

泰拉的媽媽：泰拉，別這樣……

泰拉：走吧，我們走。

泰拉的媽媽：妳說話啊，泰拉。為什麼要這樣？

泰拉：艾力克。

（樓梯的腳步聲）

泰拉的媽媽（從遠處傳來）：泰拉，親愛的，為什麼我們不能好好談談……

泰拉：拿起來就對了，你可以把它放在車上。

（甩前門的聲音）

泰拉：很抱歉發生了這些事。

（轉鑰匙的聲音）

泰拉：進去，我們走。

（甩車門的聲音）

（引擎發動的聲音）

（電子音樂）

錄音檔25 11分28秒

嗨，各位！這次我第二次到公寓。我四年級的時候曾經到我朋友保羅．張的公寓過夜，他的公寓比我家舒服多了！牆壁很乾淨，還有木頭地板，我本來以為所有的公寓都像那樣，但應該不是，因為泰拉的公寓很不一樣。她的公寓又小又暗，而且百葉窗的葉片有些折到，所以我進去後把它們弄平，然後把百葉窗打開。但就算這麼做，裡面還是有點暗。

我告訴泰拉，這棟公寓所有的走廊和樓梯都通到戶外好奇怪，我問她地下室在哪裡，我想洗衣服，我只帶了去火箭節穿的衣服，現在全都髒了。我跟她說，既然公寓地板上都是髒衣服，我可以把我們的衣服一起丟進洗衣機裡洗，但泰拉說不用，因為我是她的客人。

她開始撿起地板上的髒衣服，然後說這棟建築沒有地下室，但樓下有洗衣間，裡面有投幣洗衣機。我說，妳的意思是像吃角子老虎機一樣，泰拉說，它們是她看過最爛的吃角子老虎機，因為運氣再好，也只能得到乾淨的衣服。

除了我身上穿的內褲之外，我把所有的T恤和內褲都交給泰拉，還有襪子和套頭上衣，我提醒她，白色的衣物要分開用冷水洗，烘乾要用低溫。她給了我一件上面寫著NIRVANA的T恤，我穿起來剛好，比那件K&H的T恤好多了，因為泰拉很瘦。我問泰拉，她相信涅槃（Nirvana）嗎，她說她相信，然後她問，你也聽超脫樂團（NIRVANA）？我說，那是什麼意思？我以為那是個完美的想像空間。她說那是她很喜歡的樂團名字，她用筆電放給我聽。我告訴她聽起來很有趣，但我比較喜歡古典音樂和查克·貝瑞。

泰拉到樓下洗衣服的時候，我的肚子叫了起來，之前吃的那個主廚午間特餐一點都不飽。我想泰拉應該也餓了，於是想做點什麼吃的，但我打開冰箱一看，只有啤酒、番茄醬和草莓果醬。家裡沒有麵包，所以甚至沒辦法做草莓果醬吐司。

泰拉從洗衣間回來，我問她，為什麼冰箱裡沒有半點食物？她說她通常都叫外賣，或從她當服務生的餐廳外帶回來。我問她，妳在哪裡工作？她說在一個叫達美樂燒烤的地方。我問她達美樂燒烤是不是像強尼火箭，因為強尼火箭是我在地球上最喜歡的餐廳，她說那是間結合酒吧和烤肉店的複合式餐廳，菜單上有漢堡，也有牛排和魚，但東西比較貴。

泰拉問我想吃什麼，我說我們可以去達美樂燒烤嗎？因為我想看我的泰拉在哪裡工作。她說我們今晚還是留在家裡吧，我們可以叫外賣，她給我看筆電上的一個網站，上面的餐廳都可以點餐。我說，哇嗚！這裡有好多餐廳，我沒辦法決定！我問泰拉我們可以幫史提芬和札德點一些東西嗎？讓他們一起過來吃。泰拉說沒問題。所以我打給史提芬說，嘿，史提芬，泰拉說你們可以來她的公寓，我們要叫外賣，要幫你們點餐嗎？史提芬說點什麼都可以，但記得幫札德準備一些素食，他會付錢，然後要我把地址用簡訊傳給他。

我們點了印度菜，因為我從來沒吃過，凡事總是有第一次。我們坐在公寓外的樓梯上等外賣和史提芬他們，外面很熱，天空只能看到兩顆星星。我問泰拉食物多久才會送來，她說大概二十分鐘，我問她在這個公寓住了多久，她說大概一年，我又問她為什麼直接叫她媽和繼父的名字，她說我的問題還真多。我說我的問題當然很多，如果什麼都不問，要怎麼知道事情的真相。

泰拉笑了，她問我媽長什麼樣子，我告訴她我媽的頭髮是黑色的，但漸漸變得有點灰，而她的眼睛跟我一樣是棕色的。泰拉的眼睛不是棕色的，她的眼睛跟羅尼一樣是綠色的，像是陰天時街上樹木葉子的綠色。泰拉很漂亮，但不像學校裡那些化妝的女孩，她是自然美。她讓我想到阿諾威博士，不過她是棕髮不是金髮，而且她的頭髮也短很多，像男生一樣。

泰拉問起我在岩景鎮的房子和附近的街道，她也問了羅尼，以及我記不記得任何關於我們爸爸的事。泰拉的問題也很多，這是家族遺傳。

我告訴她所有我記得，以及別人告訴我關於我們爸爸的事。我也告訴她爸爸是如何和我媽在薩姆山的山頂約會和戀愛。我問泰拉爸爸是怎麼遇見她媽媽的，她說她不知道，她從來沒問，而且他並沒有真正參與她的生活，也沒有跟她們一起住，她不確定為什麼他的名字會出現在她們的地址上。我告訴她我也不確定，但我很高興地址讓我找到了她。

過了一會兒我們回到房間裡，然後札德他們到了，我們的印度食物也到了，所有人坐在地板上，把食物攤在前面，撕開那些外賣的紙袋墊食物，因為泰拉的桌子只有兩張椅子。

看起來很像嘔吐物的印度料理吃起來還不錯，我很喜歡咖哩角和烤餅，吃法是用烤餅沾咖哩。我吃完烤餅之後，還剩很多咖哩，泰拉說我可以吃她的烤餅。我可以吃一百萬個烤餅，當然不是真正的一百萬，這只是一種形容，實際上我大概可以吃兩個半。我告訴泰拉烤餅很好吃，下次點印度菜的時候，我們應該要點印度冰淇淋蘋果烤餅。

吃飯的時候，史提芬表現得很不自然，他不像之前那麼生氣，而且手機一直在震動，但他卻沒注意到，只要泰拉說什麼，史提芬就會點頭說：對啊，或是我懂妳的意思。他也一直盯著泰拉看，特別是當她和札德聊起札德去印度尋找心靈導師的旅行的時候。接著泰拉起身離開房間，把我們的衣服從洗衣機移到烘乾機，史提芬也跟著起身，我以為他要去廚房倒水，但他又馬上坐下來，我猜他只是要表示禮貌，史提芬真是紳士。

過了一會兒我突然覺得又熱又撐，雖然房間的窗戶都開著，所以我走出去找泰拉，想幫她拿衣服。外面沒有比屋內涼太多，我再次看天空，還是只能看到幾顆星星，接著我聞到垃圾的味道，讓我想起我們還沒找到卡爾．薩根。

泰拉從洗衣間出來，看到我坐在樓梯上哭，問我怎麼了？我說卡爾．薩根走丟還不到一天，我就已經忘記牠了，我真是地球上最糟糕的朋友。

泰拉說我不是壞朋友，剛好相反，我對忘記牠有罪惡感表示我很在乎。她給我一個大大的擁抱，說我們明早第一件事就是一起找牠，接著她問我能不能聽金iPod上的錄音。我說當然可以啊，妳是我的泰拉，我的金iPod就是妳的金iPod，等我們回到公寓裡，她就回房間聽錄音。

她在房間裡的時候，我和札德他們吃完了剩下的印度菜，札德又開始坐在地板上冥想，史提芬說要回車上整理那些他買來的手機，之後把它們放到eBay上賣。我說，嘿，史提芬，你不是答應你女朋友今晚要回LA嗎？你們該走了。但史提芬說車程只要五小時，所以可以再待一下。

泰拉待在房間裡好長一段時間，我以為她睡著了，但我走過去看到她坐在床上，聽著我的耳機。我跟她說，幸好妳還沒睡，我只是來確認一下，也想看看妳，我們的衣服應該好了，但等妳聽完我再回來找妳吧。但她說，沒關係，你過來這裡，所以我爬上床，她給了我一個擁抱。我問，為什麼要抱我？她說，你就待在這裡，我快聽完了，所以在這裡等我一下。接著她微微一笑，我也微微一笑，她用手摀住嘴巴，像是要說什麼一樣，然後她把耳機拔下來。

我問泰拉，為什麼妳看起來很傷心，讓我也有點傷心，她又抱了抱我，說她很佩服我，希望我繼續錄音。我說，我當然會繼續錄，我要付出雙倍的努力，就像藍登・西威說的那樣，在金iPod被發射到太空之前我不會停止。泰拉說她會盡全力幫我完成任務，還要我答應跟她一塊行動，兩個人不要分開，我說我答應，但因為我沒參加過童子軍，所以我不能像童子軍那樣發誓。

我們回到客廳，我幫泰拉和札德把外賣剩下的容器、紙袋和鋁箔紙清乾淨，史提芬說時間很晚了，整天跑來跑去跟找卡爾・薩根把他累壞了。泰拉說他和札德可以在她家的沙發上過夜，她有一個充氣床，史提芬馬上說好。我猜他今晚根本不用回ＬＡ。

泰拉從衣櫃裡拿出充氣床，充氣床裝在一個比我的行李袋還小的袋子裡。我看到的時候問，就只有這樣？這就是充氣床？接著她把充氣床打開，讓我看怎麼充氣。我本來以為是睡在空氣上，但其實不是，是睡在塑膠上，只需要把空氣吹進去。我問泰拉，多久才可以把氣充飽？因為我有一次吹沙灘球，花了足足五分鐘，中間得一直停下來喘氣，而且這比沙灘球大得多。她說不用太久，充氣床有附一個電動充氣筒，她讓我看怎麼操作。

她把充氣筒的插頭插到牆上，把開關打開，接著充氣筒發出滋滋的聲音，充氣床一下就充飽了。我說真是太酷了，他們應該要做充氣沙發、充氣咖啡桌、充氣懶人椅，這樣就可以把所有東西都裝在袋子裡，不管到哪裡，都可以馬上回家。我問泰拉我今晚可以睡在充氣床上嗎？她說那是給札德他們睡的，我和她要睡同一張床，如果我願意的話，我說沒問題。

真是奇妙的一天！雖然我爸沒有像我期待的依然活著，也不能當我金iPod中戀愛的男人，雖然我還沒找到卡爾．薩根，但我找到我的泰拉。她有很多問題，我也不知道她為什麼會哭，但她有綠色的眼睛，我很愛她。我希望有機會可以跟泰拉的媽媽和繼父講話，我也希望泰拉不久之後可以見見我媽和羅尼。我還是不確定我爸為什麼同時有兩個家庭，但我猜泰拉的媽媽應該知道，她也有幾片拼圖，如果我們好好坐下來不要吵架或生氣的話，或許可以搞清楚發生了什麼事，然後我們就會再多出一雙眼睛來找卡爾．薩根！

我們一定會找到牠的。

錄音檔26 18分34秒

嗨，各位，我今早醒來的時候泰拉已經起來了，她繼續聽我的iPod。我揉揉眼睛說，嘿，泰拉，妳在做什麼？她說有一段錄音她想要再聽一次。我問她是哪一段，她坐在床緣，說有重要的事要問我。

泰拉說，札德他們要準備去ＬＡ了，如果我們跟他們一起開車到ＬＡ我覺得怎麼樣？我說，但卡爾．薩根怎麼辦？妳昨晚說要幫我一起找牠！泰拉說，我們今天早上還是可以找，但如果沒找到我們可以去找羅尼，或許羅尼幫得上忙。她說我們去ＬＡ的時候，這裡的人還是看得到尋狗啟事，如果有人找到牠，或動物管制中心找到符合那些描述的小狗，我們可以停下手邊所有的事，馬上回來。

起初我不想離開，因為這樣我就離卡爾·薩根就更遠了。我告訴泰拉，最糟糕的部分是我知道牠就在外面某個地方，卻不知道牠在哪裡、在做什麼，以前我總是知道，以前我們一直都在一起。我問泰拉她知道那種感覺嗎？她點頭，接著開始拔毛毯上的毛球，我看著她的動作，心想我真的滿想見羅尼的，也想讓他見見泰拉。史提芬曾說去ＬＡ只要五小時的車程，沒有很久，我們從火箭節開到拉斯維加斯比這個距離還要遠得多。

我告訴泰拉，不然我們先找找卡爾·薩根再決定，搞不好我們很幸運，早上就能找到牠，這樣牠就可以跟我們一起去ＬＡ，因為牠也還沒見過羅尼。泰拉說沒問題。我們告訴札德他們這個計畫，他們也願意幫忙，於是我們又去了薩爾達，接著去酒吧和找了一些垃圾桶，但還是沒看到卡爾·薩根。

最後我告訴泰拉，好吧，如果妳真的覺得我們應該去ＬＡ，那就走吧，因為我相信妳，況且，我答應過我們要一塊行動，我會遵守諾言。我告訴她我會努力表現勇敢。

我們現在在高速公路上，札德他們在我們前面。我坐泰拉的車，她車子的保險桿生鏽了，只要我們時速一超過七十英哩，整輛車就像火箭要脫離地心引力一樣劇烈抖動。我問泰拉，這輛破銅爛鐵不會解體吧？她說希望不會。我問她為什麼不買一輛好一點的車，她說自己不需要好車，只需要屬於她的車，我尊重她的意願。

泰拉：艾力克，很高興能獲得妳的尊重。

艾力克：嘿，泰拉？

泰拉：嗯？

艾力克：妳有告訴妳媽妳要去ＬＡ嗎？

泰拉：沒有。

艾力克：她是妳媽耶，至少要跟她說一聲。

泰拉：我晚一點再告訴她。如果現在告訴她，她只會開始擔心，我並不需要經過她的同意才能去，法律上我已經成年了，如果我想去，我就要去。

艾力克：妳總是像昨天那樣對她大吼大叫嗎？

泰拉：沒有……呃，沒有總是。

泰拉：但有時候她就是不聽，用一種好像我沒辦法照顧自己的口氣跟我講話。如果現在打給她，她會崩潰，問一大堆問題。例如：妳要住哪裡？妳要吃什麼？

泰拉：然後我就會說，唐娜，ＬＡ有很多旅館，還有很多餐廳。有人住在那裡。

艾力克：我懂妳的意思。就像有人把我當成九歲或十歲，我也很討厭那種感覺，因為我十一歲，不是九歲。我已經上中學了，不是國小四年級，而且我的負責任年齡至少有十三歲！

泰拉：有很大的區別，對吧？他們就是沒辦法理解。

艾力克：他們就是無法理解。

泰拉：我不知道發生了什麼事，以前不是這樣的。

艾力克：誰以前不是這樣？

泰拉：我和我媽。我們以前的關係和現在很不一樣。我以前會把所有的事情都告訴她，如果有某些我知道她不會同意的事……例如某個很難的決定，我也會在事後告訴她。那時我感覺她至少了解我為什麼會這麼做，雖然她可能不太高興。

艾力克：妳的其中一個決定是不是要搬到現在的公寓？她不太高興因為她知道自己會很想妳。

泰拉：嗯……可能吧。但有時候爸媽就是不想接受小孩子長大的事實，彷彿我們一長大就不是他們的小孩之類的。但那不就是父母最主要的任務嗎？讓我們能獨立。他們就是很難面對……你知道吧？面對事實真相。

艾力克：我的偶像相信真相。

泰拉：你在錄音中這麼說過，我也相信。但總之，我要說的是，至少那時唐娜了解、也尊重我自己做決定的能力。但過去幾年，她開始變成……

泰拉：對不起，我沒有要跟你抱怨的意思。

（簡訊聲）

艾力克：泰拉，不要。

泰拉：不要什麼？

艾力克：不要一邊開車一邊傳簡訊。我們可能會出車禍。

泰拉：你真細心。

泰拉：這樣吧，你拿著電話。

艾力克：我？

泰拉：嗯，你不希望我傳簡訊對吧？所以你要當我的眼睛和手指。

艾力克：好的！我先把我的 iPod……

（放東西的沙沙聲）

泰拉：這裡，放杯子這兒……

艾力克：這個……

泰拉：我把這個移到……

艾力克：好了。

泰拉：很好，現在幫我把簡訊唸出來。

艾力克：愛咪．卡特傳的，她說妳不在的時候她可以幫妳代班。

泰拉：幫我跟她說謝謝，我欠她一次。

（打字聲）

（簡訊聲）

艾力克：她說，這表示妳今晚沒有要去喬丹的派對吧？

泰瑞：沒錯。

（簡訊聲）

泰瑞：她說什麼？

艾力克：這次是別人，泰拉，妳人緣真好。

泰拉（笑聲）：這次是誰？

艾力克：布萊登．穆勒。他說，嗨。

艾力克：他是妳的男朋友嗎？

泰拉：不是，我們沒有……呃，或許吧，還不算是。

艾力克：你們已經接吻了嗎？

泰拉：比那再多一點。

艾力克：妳的意思是法式接吻？

泰拉：嗯，我們有法式接吻。

艾力克：那你們就是男女朋友了。

泰拉（笑聲）：很簡單不是嗎？不知道為什麼我們老是把事情搞得很複雜。

泰拉：我們只是玩玩。

艾力克：玩什麼？

泰拉：玩玩的意思就是兩個人只喜歡對方一下下，然後就分道揚鑣。

艾力克：噢，那我也跟別人玩玩過。

泰拉：你跟別人玩玩？

艾力克：對啊，四年級一開始，我班上有個女生叫艾蜜莉．曼德森，她在萬聖節的時候表演康康舞，我們午餐坐在一起、下課一起盪鞦韆，後來她們家搬到北卡羅萊納州，我就再也沒看到她了。

泰拉：嗯，那的確是短暫的戀情。

艾力克：還是那樣比較好，因為我們都太年輕，她也不是我的菜。

泰拉：我不知道你有特定喜歡的類型。

艾力克：當然有啊！妳沒有嗎？

泰拉：可能吧，你的菜是什麼樣子？

艾力克：類似茱蒂絲．布魯明頓博士那類。她是康乃爾大學的天文教授，寫了好幾打論文，還有五本關跨星球物種的書，以及一本短篇小說和詩集。她對人很親切也很漂亮，現在四十九歲。

泰拉：聽起來很厲害。

（簡訊聲）

艾力克：又是布萊登。他說，我沒辦法不想妳。

泰拉：幫我回他。

艾力克：要回什麼？

泰拉：隨便你，我的手機就是你的手機。

艾力克：好吧。

（打字聲）

（簡訊聲）

（打字聲）

（簡訊聲）

（打字聲）

泰拉：你打了什麼？

艾力克：我說，嗨，布萊登，你知道任何天文笑話嗎？

（簡訊聲）

泰拉：然後他說……

艾力克：他說，妳老爸是個小偷嗎？

艾力克：然後我說，不是，他是土木工程師。

艾力克：然後他說，我覺得他是個小偷，因為他偷了星星放進妳的眼睛。

艾力克：然後我說，不，我很確定他是個工程師，還有他不可能偷星星，因為就算最近的星星也有數兆英哩遠，而且不屬於任何人。

艾力克：他說，我喜歡費盡心思才能偷到的星星。

（簡訊聲）

艾力克：他問，妳今天穿什麼？

（打字聲）

艾力克：我告訴他我穿著妳的超脫樂園T恤。

（簡訊聲）

艾力克：他說，等一下，你是誰？

（泰拉的笑聲）

（打字聲）

（簡訊聲）

（打字聲）

艾力克：他說，誰是艾力克？泰拉呢？他都用大寫字母傳簡訊。

艾力克：我說，嗨，布萊登，你的大寫鎖定鍵是不是壞了。

（泰拉的笑聲）

（電話響起）

艾力克：現在他打來了。

泰拉：讓它轉到語音信箱。

艾力克：好。

泰拉：幹得好，現在開始由你來負責我的手機。

艾力克：負責手機！負責手機！

艾力克：嘿，泰拉？

泰拉：嗯？

艾力克：為什麼妳沒上大學？妳現在十九歲，應該在念大學啊。

泰拉：你的口氣就像我媽。

艾力克：是喔？

泰拉：說來話長。

艾力克：我們有很多時間，Google Maps女士說還要再開四個半小時才會到ＬＡ。妳輟學了嗎？

泰拉：我沒輟學，我只是從一開始就沒打算入學。

艾力克：為什麼？我的偶像就有上大學。他去了很多所大學。他先去芝加哥大學拿了天文暨天文物理學學士、碩士和博士，再去哈佛大學當講師，接著又到紐約州伊薩卡的康乃爾大學當教授。

泰拉：你的偶像身邊沒有我媽和霍華德。

艾力克：他有瑞秋和山姆．薩根。

泰拉：我猜他們一點都不像我媽和霍華德。我在比你還大一點的時候——那時候我十三歲——意識到只要我一滿十八歲就要搬出去，後來也這麼做了。

艾力克：那妳為什麼不去念大學？妳還是可以去啊。

泰拉：我可以去，但我認識一些人他們大學畢業後還是找不到工作。我的意思是，大部分他們教你的東西都跟真正的工作無關，找到工作才是最重要的，所以為什麼要讓自己負債好幾萬美金，但實際上只是在用一種很表面的標準跟別人競爭，或更糟的是把四年都浪費在喝酒和跑派對上，只是為了要取得一張他媽的文憑。

泰拉：對不起，我只是有時候很氣不過。

艾力克：沒關係，我知道所有的髒話。

泰拉：是喔？

艾力克：是啊，有一天在學校的時候，籃球球隊的賈斯汀．派特森——他的儲物櫃在我旁邊——問我說，你會說髒話嗎？我說，當然會啊，接著我告訴他所有的髒話，我說有時候我和小班甚至會把它們組合成句子，例如他媽的媽媽，靠腰你媽的媽媽。

泰拉：了解。

艾力克：但泰拉，為什麼上大學的目的是找工作？

泰拉：那不然是為什麼？

艾力克：因為我們對知識感興趣。

泰拉：……

泰拉：你知道嗎？我收回我的話。我認為有些人真的能從大學裡學到很多，你會是其中一個，我很確定。

（簡訊聲）

泰拉：又是布萊登？

艾力克：是史提芬。他說，你們餓了嗎？需要停下來上廁所嗎？

艾力克：他說，要停下來的話跟我說喔，笑臉。

（簡訊聲）

泰拉：我可以到ＬＡ再停，你覺得呢？

艾力克：那時候我們可以去強尼火箭嗎？

泰拉：當然囉。

（打字聲）

（簡訊聲）

艾力克：史提芬說我們應該去In-N-Out漢堡，因為那裡好吃多了，漢堡和薯條都很讚。

（打字聲）

（簡訊聲）

艾力克：我問他那裡有法式冰淇淋蘋果派嗎？他說有奶昔、牛奶冰淇淋。

泰拉：他們如果想去In-N-Out就去，但我要帶你去強尼火箭。

艾力克：好耶！

泰拉：我快沒油了，告訴他我們下個出口下。

艾力克：好。

（打字聲）

（簡訊聲）

（簡訊聲）

錄音檔27
11分52秒

這真是個有趣的下午！而且甚至還沒結束。

泰拉載著我在高速公路上前進，道路愈變愈寬，變成五線道而不是二線道，路上的車子愈來愈多，大家的速度也愈來愈快。我們沒聽音樂也沒講話，泰拉說自己喜歡安靜，我說沒有真的很安靜，因為聽得到風聲、路上的聲音、冷氣的聲音、車子開過的聲音和我現在正在講話的聲音。泰拉說我說得沒錯，還說她或許是喜歡這種平靜的感覺，我說我也喜歡，所以我們一起聽著這種平靜的聲音，接著我告訴她一個天文冷笑話。

我說，為什麼天狼星在喜劇表演時不笑？

因為他太嚴肅（serious）了。

泰拉笑了。我問，妳有聽懂嗎？因為學校有些同學聽不懂，他們以為我在講衛星廣播。泰拉說她聽得懂，因為天狼星的英文是Sirius，聽起來很像serious（嚴肅）。我說，這就是為什麼妳是我的泰拉，妳真的很懂我。

泰拉又笑了，然後我們又繼續聽著平靜的聲音，接著她突然說很想去游泳。問我想不想去。我說，那去ＬＡ的計畫怎麼辦？她說，我們只會停個一、兩個小時，大熱天去游泳消暑還不錯。我說，好主意，因為妳車子的冷氣顯然沒有這種功能。泰拉說這附近有座湖，她之前有去過，我用Google Map查了一下，然後發簡訊給史提芬。史提芬回說，可是我們再過幾小時就會到ＬＡ了，到那邊再游如何？我告訴他泰拉現在就想游，他說贊成。

我們在靠近那座湖的交流道離開高速公路，路開始彎來彎去，泰拉開得很快，這裡速限是每小時五十五英哩[1]，但有些轉彎的地方理論上只能開二十五，泰拉開起來就像在玩賽車電玩一樣，我在小班家看過他玩，不過泰拉沒有踩任何煞車。那座湖就在懸崖和樹的下面，但不知道怎麼下去，只能繼續往前開，後來我們看到一個指標，在公園入口處的女士說要五塊美金，而且得付現，但泰拉只有帶信用卡，所以我借錢給她，因為她是我的家人。

我們走出車外，看見很多家庭在野餐桌旁邊烤肉，有些小孩在水裡面丟網球，有些帶著小嬰兒的父母在岸邊的淺灘划獨木舟。這裡不是一般的沙灘，湖邊的沙是很細小的石子，我們脫掉鞋子和襪子，把襪子塞到鞋子裡，這樣小石子就不會跑進去。札德把他的圓形枕頭放在石子沙上開始冥想，史提芬在塗防晒，他問我和泰拉要不要擦，泰拉說謝謝，她接過防晒乳後幫我塗在臉上、脖子上和肩膀上。史提芬問泰拉需不需要幫忙？她說，艾力克可以幫我，對吧？我說，沒錯，然後我就幫她塗。

我們坐在石子沙上，看著已經下水的人，互丟網球的小孩在玩一種類似躲避球的遊戲，但他們不是把球丟到空中，而是先丟到水裡好幾次，他們玩的是水中躲避球。過了一會兒，泰拉說，我們也去玩水吧。史提芬說我們最好不要下水，因為我們沒有毛巾也沒穿泳裝，會把車子弄溼，但泰拉脫下短褲，直接穿著運動內衣和內褲下水。史提芬沒阻止她，只是看著她說，為什麼總是像她這種類型？但他不是在跟我講話，只是對著水面講話。我問他，總是像她這種類型是什麼意思？哪種類型？他回說，不重要（Never Mind）。我說，嘿，那是超脫樂團一張專輯的名字耶。

---

1 相當於時速八十八公里。

泰拉在水裡大叫，艾力克快點來！水裡超棒的！我大叫回去，把車子弄溼了怎麼辦？她大叫，別像史提芬一樣！我笑了，因為我的反應真的跟史提芬一樣。我說，嘿，史提芬，你真的有擦防晒嗎？因為你臉好紅，接著泰拉又喊我的名字。我說，來嘛，史提芬，我們走吧！但他拒絕了我。我猜他可能還在擔心把車子座椅弄溼的事情。我告訴他那是他的損失，接著便脫掉T恤和褲子，跳進水裡。

我無法真的跳水，因為湖水太淺，所以我只是撲進去。泰拉笑著說，我跳進去的時候看起來就像一隻小鯨魚，我說，妳提醒了我，妳知道哪裡可以看到鯨魚嗎？因為我想把鯨魚唱歌的聲音錄在金iPod上。泰拉說不知道，但我們到LA之後可以查查看。

湖裡的水又冰又清澈，是帶點綠的深藍色，近看的時候可以看到細小的綠色點點在水裡漂浮，很像小班媽媽冰箱裡的奇亞籽紅茶。泰拉說那是一種無害的藻類，我告訴她，我從來沒在湖裡看過這種藻類，她說，看起來很美吧？我說，對啊，就像妳眼睛的顏色。

我們到水比較深的地方，那裡石頭比較少，我得墊腳尖才能勉強碰到湖底，湖裡有一些湖藻，摩擦過腳上有點癢。泰拉用仰式浮在水面上，陽光照在湖面上閃閃發光就像鑽石，真希望我帶了太陽眼鏡，但它們還在我岩景鎮的家裡。我們經過玩水中躲避球的小孩，那裡的水又更深，我的腳沒辦法碰到湖底，於是泰拉要我抓住她，水面起起伏伏，但沒有那種可以衝浪的大浪。我問泰拉，妳有衝過浪嗎？我沒有衝過，只有玩過滑板，我玩的第一次就摔倒磨破了膝蓋，所以在有完善的保護措施之前我不打算再嘗試。泰拉說她也沒衝過浪，但等到了ＬＡ我們一定要去租衝浪板學衝浪。

泰拉很愛水。她說自己待在水裡的時間永遠不夠，每次她到湖裡或海裡，就好像回到地球一樣。我說，這沒有道理，因為妳從來沒離開過地球。她說這只是一種形容，比較像是她回到水裡就像回到了自然的棲地一樣。我說，噢，這樣說就比較有道理了，因為我們一開始是從海裡的細菌逐漸演化來的，還有我們的身體大部分也是由水組成的，所以想像妳把一個水球灌滿水放到裝滿水的澡盆，隔絕外面的水和裡面的水的就只有水球的那層外皮，如果那層外皮不存在，其實裡面和外面並沒有多大區別。泰拉說我講的話很深，我告訴她可以在水槽做這個實驗，不一定要在澡盆那麼深的地方做。

我猜史提芬看到我和泰拉玩得這麼開心八成很嫉妒，因為他終於決定要下水。他脫掉上衣，但穿著短褲，一小步一小步的慢慢走進水裡，一邊往自己身上潑水以適應水溫。我和泰拉回到岸邊找史提芬，這裡的水深只到我的脖子，泰拉可以用膝蓋跪著走，不知道的人看到我們的時候會以為我們一樣高。史提芬也跪下來，他總算整個人泡在水裡，一副很滿足的樣子。我說，看吧，史提芬，水裡真的很棒吧？史提芬說，他很高興自己下水了。

我們游到那些玩水中躲避球的小孩那裡，問他們能不能加入？他們同意了。我和泰拉加入比較遠的那群小孩，史提芬留在原本的地方，遊戲開始，真的很好玩。那些小孩丟球丟得又遠又快，我試著用力丟，但沒辦法丟得那麼遠跟快，不像其他人會利用水的彈力，球從水面彈起的時候會轉彎、旋轉，彈到你料想不到的方向。換史提芬的時候，他用力的把球丟向泰拉，球在水面上彈了幾下結果正中泰拉的嘴巴！她用手摀住嘴叫了「啊」一聲，便朝岸邊的方向走去。大家都問她，妳還好嗎？特別是史提芬。她說還好，只是要去廁所。史提芬跟著上岸，不斷說：對不起，他不是故意的。泰拉說，沒關係，只是個意外。之後史提芬看起來很沮喪，我說，嘿，史提芬，別太苛責自己，只是個意外！我要他回水裡，比賽還沒結束，但史提芬不想再玩了，他說要打電話給女朋友，我應該回札德那邊，因為如果沒人看著我，我就不該繼續待在水裡，所以我只好跟那些小孩說再見，還有跟他們一起玩球很開心。

上岸後，史提芬沿著岸邊走遠，我試著讓太陽把我身上的水晒乾，除了頭髮和內褲之外的地方不久後就乾了。我在等泰拉從廁所回來的時候，心想或許這正是學習冥想的好機會，所以我說，嘿，札德，我沒有要打斷你的意思，可是你能教我如何冥想嗎？因為我想學習正確的方法。他說沒問題，他可以教我，所以我像札德一樣坐下來把手放在腿上，假裝我手裡抱著一個起司漢堡，我眯著眼睛，告訴他我準備好了。

札德說我現在要專注呼吸，從肺部吐出空氣的時候，也要讓頭腦裡的思緒完全放空，我說就生理上來說這是不可能的，因為我們的頭腦總是在想著什麼。札德要我找找看思緒跟思緒之間有沒有縫隙，但我沒辦法，因為一個念頭剛結束，另一個念頭又馬上出現，就像當札德說「縫隙」這兩個字的時候，我想到肯．羅素牙齒的縫隙，想完這個之後，我又馬上想到我是怎麼從火箭節一路來到了這裡，現在身邊有個泰拉可以幫我錄音，然後我想到我溼掉的頭髮和內褲，還有卡爾．薩根，於是我又想打電話給動物管制中心了。

札德說我做得很好，只要有意識的注意自己的思緒，並找出什麼都不存在的那個片刻就可以了，在那個瞬間甚至連時間都不存在。我說，噢，你的意思是像進入黑洞一樣，因為在黑洞中重力強烈到能扭曲光、時間和空間。札德說這個比喻很好，我說，謝謝，歡迎在你的下一本書使用這個比喻。

所以我再度閉上眼睛，試著想像自己在黑洞中，過了一陣子我開始看見不同顏色。一開始是紅色，就是那種你閉眼看太陽會看到的那種紅色，但接下來我看到粉紅色和藍色，它們是泡泡的形狀，就像《接觸未來》中阿諾威博士從傳送器看出去，看到旋轉的宇宙時說，真是……太美了……沒有……文字……他們應該送……一個詩人過來。

我甚至覺得自己睡著了，但不太確定，當我睜開眼睛時看到沙灘，只不過這不是《接觸未來》中的宇宙沙灘，也沒有一個超智慧生物透過一個看起來或聽起來像我爸的形體和我說話，只有這個在加州湖邊的石子沙灘，以及在旁邊冥想的札德。他還在這裡，泰拉還沒從廁所回來，史提芬也還在散步。

不知道羅尼有沒有在這座湖游過泳？幾小時後等我們抵達ＬＡ，我們會去他家，在他打開門時我會說，沒想到吧！他會說，你怎麼跑來了！我會跑過去抱住他，他也會抱住我，並且說，為什麼你的頭髮是溼的？我會說，我在一個湖裡游泳，接著他會注意到我身後，問她是誰？我會告訴他，她是我們的泰拉，住在拉斯維加斯，你看，她的眼睛跟你一模一樣。

我等不及想知道我跟羅尼說這件事的時候，他臉上會是什麼表情。

錄音檔28
12分34秒

各位，我猜我們到了……

我們到LA了！

猜猜我們在LA的哪裡……

我們在強尼火箭漢堡！

但是只有我和泰拉，史提芬去和他女朋友吃晚餐，札德現在在公寓裡，我終於見到他們的另一個室友奈森了。奈森長得很高很瘦，我們到的時候，他正坐在公寓庭院裡的某種棕櫚樹下喝冰咖啡，他和札德站在一起的時候，看起來就像C-3PO和R2-D2[1]，除了奈森有一頭長及下巴的金色頭髮，站得沒那麼挺，而且還戴著眼鏡，皮膚也不是金色的。這樣說起來他好像也沒有真的那麼像C-3PO。

噢，對了，札德他們的公寓比泰拉的公寓好太多了，甚至比保羅．張的公寓還豪華！它在三樓，外面的走廊面向庭院，臥室裡有一面占了整面牆的巨大窗戶，是那種觀景臥室。我們走進去的時候，看到角落裡有一堆空箱子、附有氣泡袋的信封，以及很大卷的口香糖，可以吹泡泡的那種。那裡還有二十箱沒開封的《戰地學院》擴充包——我這輩子從來沒看過那麼多《戰地學院》卡！

我說，嘿，史提芬，你一定比小班更愛《戰地學院》，史提芬說那是他的業餘嗜好。他把擴充包從箱子裡拿出來，讓我看他是怎麼用小班媽媽廚房的那種磅秤一個個秤重。史提芬說他用不著拆開就可以判斷哪個裡面有3D投影遊戲卡，因為有3D投影卡的擴充包比只有一般卡片的擴充包稍微重一點。他會打開裡面有3D投影卡的擴充包，然後單獨賣那些卡片，特別是那種很少見的卡片，然後那些沒有3D投影卡的擴充包他會原封不動賣掉，因為大家不喜歡買已經拆封的。看吧？我說過史提芬很有企業家精神。

我想寄信給小班，跟他說史提芬的業餘嗜好，但我也想給羅尼一個驚喜，所以我跟泰拉說我們快點去羅尼家吧。史提芬說他也要走了，要跟他女朋友吃晚餐，晚上可能會住她那裡，所以我和泰拉晚上可以睡他房間。泰拉說謝謝他的好意，但我們應該先去找羅尼，接下來再說。

我打電話給羅尼，結果轉接到語音信箱，所以我留言說，嘿，羅尼，希望你現在沒在忙，因為我要告訴你好幾個驚喜！泰拉在旁邊問，他不在家嗎？我告訴她，他有時候會把電話調成勿擾模式，我們應該直接去他家，按他的電鈴，泰拉說好。

我把羅尼的地址輸入Google Maps，依照指示開，但最後花費的時間比Google Maps女士告訴我們的還久。ＬＡ的車子好多，我們不停塞在車陣中，這裡也有好多棕櫚樹，而且比我在拉斯維加斯看到的還高。最後我們終於到羅尼家了，我們走到大門外面，但我沒有他家的公寓號碼，我之前甚至不知道他住在公寓，直到泰拉指出大門前面寫著「西區住宅公寓」的牌子。

我又打給羅尼，這次他接了。我說，嘿，羅尼，你現在在家嗎？你家公寓是幾號啊？為什麼你沒告訴我你住公寓？羅尼說他現在不在家，他在底特律，正在看一場高中籃球

1《星際大戰》裡面的角色。

賽，挖掘未來的潛在客戶。我說，你什麼時候才會從底特律回來，因為我現在正站在你家「西區住宅公寓」的牌子前面，我帶了一個人來見你。接著羅尼說，你在說什麼？你在ＬＡ？

我說對啊，我們和史提芬和札德一起來的，他們是我在火箭節遇到的兩個朋友。之前他們先帶我到拉斯維加斯找可能是我們爸爸的男人，他真的是我們的爸爸，但沒得失憶症。我們在薩爾達弄丟了卡爾．薩根，我試著要表現勇敢，接著遇到了泰拉，她也是你的泰拉。後來我們去湖裡游泳，然後就到ＬＡ了，我沒事先告訴你，因為我想給你一個驚喜。

羅尼說，什麼！誰說你可以這樣亂來！我說，你說的啊！只是你根本沒注意聽！羅尼又說，我簡直無法相信你就這樣跑來了！接著，他說我們遇到大麻煩了，因為他還要在底特律再待幾天，我心想或許給羅尼一個驚喜不是什麼好主意。

羅尼說他現在就打給蘿倫，我可以從她那邊拿備用鑰匙，然後待在他那邊直到他想到其他辦法為止。我告訴他，沒關係，我們已經有地方睡了，因為史提芬吃完飯要在他女朋友家過夜，羅尼問，誰？我說，史提芬啊，我剛才告訴過你我在火箭節遇到他還有札德了，還記得嗎？接著泰拉要我把電話給她。

泰拉和羅尼講了一下電話，我聽到泰拉說她是我的朋友，羅尼可以相信她，如果他不確定的話可以從Facebook搜尋她的帳號。我猜她的話讓羅尼平靜了下來，因為泰拉把電話還給我的時候，羅尼不再大吼大叫了，雖然口氣還是不太高興。他要我好好跟著泰拉直到他回家，如果遇到問題再打給他，他也給我蘿倫的電話號碼，最後還說他要跟媽好好談談，我告訴他，可以啊，但她現在又進入了安靜時間。

和羅尼講完電話之後，我問泰拉，為什麼妳沒告訴羅尼妳是我們的半個……妳知道我要說的那兩個字？我答應過妳不用那兩個字但不代表妳不能用啊。泰拉說，有些事最好當面講比較好。我說，妳看我們當面和妳媽講的下場是什麼，泰拉說touché，我問她touché是什麼意思，她告訴我那是法文，代表你說得有道理。

我們回到車裡，泰拉沒講話，我也不想講話，所以我們就都沒講話，只是靜靜坐著，但這次沒有任何平靜的感覺，我也不想聽到平靜的聲音。接著泰拉問我怎麼了，又想到卡爾·薩根了嗎？我說，嗯，但也是因為我告訴我媽火箭節結束後就會回去，但我沒有，接著我又告訴她我去一趟拉斯維加斯就會回去，但我又沒有，現在我們又要等羅尼。我沒有遵守諾言，如果我媽吃完我為她準備的食物，她又不想煮的話怎麼辦？誰要幫她煮飯？

接下來我們兩個又不想講話了，那種平靜又消失了。

我猜泰拉也不太喜歡聽這種不平靜的聲音，因為她啟動車子，我說，我們要回去札德那裡嗎？泰拉說她不知道，但接著又說我們去海邊看夕陽吧，她需要一點空間思考，所以我們去了一個叫威尼斯海灘的海邊。我告訴過你們泰拉很愛水，我們在同一天去了湖邊又去了太平洋。

威尼斯海灘非常大，我們開往那裡的路上就看到了，我忍不住大叫：我的老天啊！那裡的沙好多，是那種正常的沙，不是湖邊那種石子沙，沙子不停跑進我們的鞋子裡，所以我們把鞋子和襪子脫掉，沿著海岸線走，沙子是溼的，很平坦，是深棕色的。我們在海水裡走了一陣子，我告訴泰拉在這邊衝浪一定沒問題。每次一有浪打上岸的時候，我腳邊和腳趾縫的沙就會產生小小的漩渦被浪帶走，想想看，每次浪來的時候就會陷進沙裡一點點，如果站在同一個地方夠久，搞不好妳整個人就會陷進沙子裡，最後只剩下脖子露出來。泰拉說，如果你意識到自己動彈不得的時候太遲了，只能看著自己溺水，那該怎麼辦？我說，我們還是繼續移動好了，我不想看到妳溺水。

於是我們沿著海岸線往前走，看到藍色的救生員塔臺和黃色的救生員卡車，還有慢跑的人以及和狗狗玩飛盤的人。我又跟泰拉借手機傳簡訊給史提芬，我問他有沒有接到動物管制中心打來的電話？但他說沒接到。

太陽逐漸靠近地平線，所以我們停下來看夕陽。我發現當太陽落到海洋遠處那頭的山後面時，我可以直視著它，雖然無法一直看，但比白天看的時間長。太陽現在落在我們看不見的地方，上方的雲還是鮮紅色，地平線是金的，海面是紫的，他們應該要送一個詩人來的。

我和泰拉繼續往前走，最後來到棧道，但這裡的地板不是木頭，而是一般水泥，所以只是水泥道。經過滑板公園的時候，我們停下來看那些人溜滑板，有些人在滑板和安全帽上裝了攝影機，就像天行者隊在火箭上裝攝影機一樣。我們還看到有人在溜直排輪、騎腳踏車，以及一個男人在打非洲鼓。我們經過圍觀的人群，他們正在看一些沒穿上衣的男人表演特技體操，其中一個拿著麥克風徵求自願者，後來自願者在中間站成一排，那些男人助跑跳過這一整排的人，好酷！接著我們去強尼火箭，因為泰拉在來的路上答應要帶我去。

泰拉點了薯條和咖啡，但她幾乎沒吃。我問她，妳為什麼不吃薯條，我可以吃嗎？她說，全都給你。她覺得有點反胃。我問她需不需要去看醫生，因為我認識一個很棒的醫生，不過他在岩景鎮，每年泰納醫生都會開給我一張健檢通過報告。

泰拉說，沒關係，謝謝，等到明天早上就會比較好了。我說，妳怎麼可以這麼確定？我告訴她如果小班在這裡，他可能會覺得她是個靈媒之類的，因為小班超愛看星座運勢，但我不相信那套。泰拉說她不是靈媒，只是每個月的這個時候就會這樣。我問她什麼時候？星期二？

她盯著我看了一會兒，像是要跟我比賽看誰先眨眼睛，所以我也盯著她，努力不要眨眼睛，但最後還是眨了。接著她靠近我說，我的大姨媽來了。

我說，妳的意思是妳媽媽的姊姊要來？泰拉說不是那種姨媽，是那種讓她變得又醜又浮腫，想要爬上床睡覺的姨媽。我告訴她，妳還是很漂亮啊，我問她大姨媽來是不是就像隨堂考一樣，因為我知道有些學校的同學很討厭隨堂考，每次要隨堂考，他們就覺得不舒服，想上廁所。但我喜歡隨堂考，特別是科學課的隨堂考，所以或許我也喜歡大姨媽。

泰拉聽完整整大笑了兩分鐘！接著她說，你雖然很聰明，但對很多事情還是一無所知嘛。我回答，我當然對很多事情一無所知，我把所有的時間都花在火箭、天文和我的偶像上，如果我把時間花在其他事情上，我也會變成那些事情的專家！我說，這就是為什麼我喜歡跟懂別的事情的聰明人在一起，例如妳，泰拉。

泰拉變得很安靜，一副看起來快哭、快吐，或者兩者皆是的樣子，所以我問她是不是大姨媽又要來了。接著她去了廁所，但還是沒解釋誰是大姨媽，我猜那可能是個比喻吧。我們的服務生克萊兒過來幫我們倒水，我問克萊兒，妳知道大姨媽代表什麼意思嗎？是不是像隨堂考一樣可怕，因為泰拉的大姨媽來了，雖然現在是夏天，她也沒上大學。克萊兒不小心把水倒到桌上，連忙說對不起，她去拿紙巾，馬上就回來。

為什麼大家都不告訴我大姨媽是什麼意思？等回札德公寓我要用電腦查一下，查到了再解釋給你們聽。

錄音檔29
6分24秒

我查到大姨媽是什麼意思了。

它是……呃……跟隨堂考不太一樣。

總之……

我們回家的時候史提芬已經回來了。他在沙發上邊看電視邊喝啤酒，我說，嘿，史提芬，我以為你要吃晚餐，然後在女朋友家過夜！他說他現在不想談這個話題。他說我們還是可以睡他房間，他睡沙發就好，然後我聽到另一間房間傳來打呼聲，我猜札德很早就睡了。

史提芬問泰拉想不想喝啤酒，她說好啊。奈森也在喝，他把金髮紮成一束馬尾，正在用筆電寫電腦程式。我看了看他的螢幕，他同時開了六個視窗，每個視窗的字體都非常小，真不知道他要怎麼看上面的東西。

接下來我猜史提芬其實想聊一聊晚餐發生的事，因為他拿著泰拉的啤酒回來後，說他告訴他女朋友為什麼今天才回到ＬＡ，然後他女朋友就發飆了。泰拉問，你為什麼要跟她在一起？史提芬說他也不知道，接著喝了一大口啤酒，泰拉也打開她的啤酒。我對所有人說，我真不知道為什麼你們喜歡這個東西，有一次我試著喝小班爸爸的啤酒，有夠難喝，但他們還是繼續喝。喝完啤酒後，史提芬把ＬＯＸ和伏特加混和在一起製作了一些飲料。

我六歲的時候，羅尼趁媽媽去菲律賓探望外公外婆，在家裡開派對。羅尼要我待在房間裡，甚至還把電視移進去，這樣我就可以在房間看電視。但看到一半我想上廁所，走出來卻發現廁所有人，另一個羅尼的朋友也在等廁所，她正在喝一個紅色塑膠杯裡的飲料，我問她，妳在喝什麼？她說是可口可樂加伏特加，我知道可樂是什麼，但那是我第一次聽到伏特加的名字。羅尼發現我在外面，說我不該出來，我照他說的回房間，但還是很想上廁所。我努力憋尿，但憋不住，於是開始哭，我猜羅尼聽到我的哭聲，因為他進房間問我怎麼了？我給他看我尿溼的地方，他問，你為什麼不早說？我說，因為你要我待在房間，所以我只好繼續待著。

不知道為什麼我突然想到這件事，我猜可能是因為伏特加，也可能是因為那個派對也有人跳舞和放音樂。泰拉很想聽音樂，所以她把手機接到史提芬的立體音響。我說，我們應該要小聲一點，不然會把札德吵醒！史提芬說札德可以在任何情況下熟睡，之前發生火警他也沒被吵醒，接著把音樂轉得更大聲。

泰拉開始跳舞，她說，艾力克來嘛，我們來跳舞，所以我也起身。她試著邀奈森加入，但奈森不跳，只是繼續寫著他字體渺小的電腦程式，史提芬流著汗，講話愈來愈大聲，有時他的眼睛半睜半閉，但不像在冥想，比較像變成殭屍。接著他開始跟在泰拉後面跳舞，她也跟他一起跳，但沒有扭屁股，我猜史提芬可能喜歡泰拉，但……他不是已經有女朋友了嗎？

史提芬對泰拉說了一些話，把她逗笑了，接著她又開始跟我跳舞。我告訴她我不太會跳，我不知道要怎麼像保羅．張那樣跳霹靂舞，也不知道要怎麼扭屁股，泰拉說我只是需要多練習，她握著我的手要我跟著她的腳步移動。但她的腳抖來抖去，讓我覺得有點頭暈，想停下來休息一下。史提芬去廁所的時候，泰拉坐下來跟奈森講話，過了一會兒兩人站起來走向門邊，我問，你們要去哪裡？泰拉說他們只是要出去呼吸一下新鮮空氣，他們離開後，我把音樂調小聲一點才不會那麼吵。

史提芬從廁所出來後問，泰拉呢？我說泰拉和奈森去外面呼吸新鮮空氣。史提芬說，什麼！接著開始用高分貝講話，雖然我已經把音樂調小了。過了一會兒泰拉和奈森回來了，泰拉在笑，奈森也在微笑，史提芬一副好像看到鬼的表情。史提芬說，你們怎麼去那麼久？泰拉說他們只是在聊天，史提芬又把音量調大，還把燈光調暗，讓我想到我們在薩爾達的情形，接著……我不知道……我不想再待在那裡了，所以我走到外面的走廊。

大人有時候好奇怪。有時候跟我媽以外的大人在一起太久，我就會很想大叫：你們是不是都瘋了！

你們有這種感覺嗎？

或許你們沒有，因為你們小時候都待在媽媽的肚子，所以出生的時候就已經是大人了，也有可能你們出生後很快就長成大人了——不用花十八年。

或許你們……

（很大聲的音樂）

泰拉：艾力克？

（音樂聲漸小）

泰拉：你在外面做什麼？

艾力克：我在錄音。

泰拉：快回來，沒有你派對就不好玩了。

艾力克：我不想跳舞了。

泰拉：沒關係，我也不想跳了。我們做點別的事吧。

艾力克：我真希望我帶了《接觸未來》藍光光碟，這樣我們就可以看了。妳有看過嗎？

泰拉：沒有，但或許那些男生有看過，搞不好他們可以在網路上抓到影片。

艾力克：真的嗎？

泰拉：真的啊，快進來吧。

艾力克：好！

錄音檔30
10分35秒

早安啊各位。很不幸我們昨晚沒辦法把《接觸未來》看完，我們甚至還沒看到一半。奈森在電影開始之前就去睡了，所以就只剩下我、史提芬跟泰拉。史提芬用微波爐爆了一些爆米花，他告訴我，如果我想睡，歡迎隨時去他房間，他和泰拉可以自己把電影看完，但接下來泰拉卻先睡著了！

或許泰拉覺得《接觸未來》很無聊，但史提芬說她大概是因為又開車又跳舞又喝酒所以累了，我回他touché。接著泰拉醒過來，我說，嘿，泰拉，妳現在想去床上休息了嗎？她點點頭。

我們今天早上醒來的時候，泰拉已經不在床上了。一開始我以為她去上廁所，但我去廁所沒看到她，只看見史提芬對鏡中的自己喃喃自語。我說，嘿，史提芬，你在跟你的倒影說什麼？他說沒什麼，要我告訴泰拉他會晚點回來，他得先去處理一些事情，並且順道載札德去冥想研討會。

在他們離開之前，札德給我一個很大的擁抱，他說有泰拉照顧我他就放心了，他希望羅尼那邊的事情一切順利，如果我離開之前沒辦法再見到他，他希望我能找回卡爾．薩根。我告訴他，我之前一直很努力要表現勇敢，他有感覺到嗎？他說他當然有感覺到，接著就和史提芬就離開了。我開始把散亂在地上的髒杯子、空啤酒瓶和ＬＯＸ罐子收進回收的垃圾袋，就在那個時候，我聽到泰拉的聲音從奈森的房間裡傳出來。

我以為他們在法式接吻，我想你們可能會想知道那是什麼樣的聲音，所以我過去想把聲音錄下來，但我走到奈森的房間時，發現他們只是坐在地板上聊天。我說，嘿，泰拉，妳夢遊到奈森房間了嗎？你們在聊什麼？泰拉笑著說他們只是在聊各種不同話題。我告訴他們我要去做早餐，問他們要不要吃？泰拉說謝謝，但我不需要幫他們做早餐，她和奈森要再聊一會兒。我說，好，然後把門關起來，表示尊重他們的隱私。

我走出來開始做早餐，接著又打給動物管制中心的喬莉。她說，嗨，艾力克，還是沒有。我說，噢，好吧……後來我借了奈森的筆電，但很難專心，因為我不停想到卡爾．薩根，甚至忘了自己打開筆電的原因。接著我登入火箭論壇。

火箭論壇的人都在講火星衛星的任務，再過三天就要發射了，西威航太會全程直播，就像上次那樣，真令人迫不及待！天行者隊貼了一些照片，照片裡藍登．西威站在他們學校前面頒發西威大賽優勝者的支票，是那種很大張的支票模型。接下來，藍登對學生發表了演說，並宣布下次西威大賽的比賽內容是設計能成功模擬登陸火星的太空船，新的獎金金額高達一百萬美金！我等不及要告訴史提芬這個消息，這麼多的獎金他一定會很興奮，有些人就是需要更多的動機。

噢，對了，我終於收到小班的信了！信裡有他在瑞格利球場看棒球的照片，在密西根湖釣魚的照片，還有一張他和他媽媽、妹妹站在一顆銀色巨無霸豆子前面的照片。那顆豆子非常巨大。我回信給小班，告訴他我和札德他們去拉斯維加斯找我爸爸，但卡爾．薩根卻在薩爾達走丟了，所以我們貼了很多海報還打給動物管制中心，接著遇到我的泰拉，參觀了她的公寓，她的公寓比保羅．張的公寓小很多。我們前往ＬＡ，中途停在一座湖邊，因為泰拉很想游泳。到了ＬＡ之後，我發現史提芬有好多《戰地學院》的擴張包，我會看看能不能幫他弄一份。還有我們去了羅尼的公寓，但他在底特律工作，所以我們只好在威尼斯海灘看夕陽，也看到溜滑板和表演街頭體操的人。晚上，史提芬和泰拉喝了LOX和伏特加的調酒，所有人都在跳舞但沒有扭屁股，我們還看了《接觸未來》，但泰拉看了一半就睡著，所以我們只好⋯⋯

（門打開又關上）

艾力克：⋯⋯把電影關掉。

艾力克：嘿，史提芬！

艾力克：你背後藏了什麼？

史提芬：給泰拉的驚喜。

艾力克：我可以看嗎？

史提芬：可以啊，但小聲一點。

艾力克（悄悄話的音量）：是小雛菊！

史提芬：你覺得她會喜歡嗎？

艾力克：她一定會喜歡，我很確——定。

史提芬：她還在睡嗎？

艾力克：沒，她在奈森的房間，他們在聊悄悄話。

史提芬：他們在聊……

艾力克：對啊，他們只是坐在……

艾力克：史提芬，記得要先敲門，他們在聊悄悄話！

（門打開）

泰拉（從遠處傳來）：至少他……

史提芬：他媽的……

（有人大叫）

泰拉：停！你……

（急促的腳步聲）

艾力克：你們在做什麼……

泰拉：天啊，他在流血……

史提芬：放開我……

泰拉：停！給我停下來！

艾力克：史提芬，停下來！你們為什麼……

泰拉：你看你……

史提芬：閉嘴！閉上……妳的……（悶響）

艾力克：你在……

史提芬：聽見了嗎？你姊姊只是個……

泰拉：別再說了！

（艾力克的哭聲）

泰拉：你看你做了什麼好事？你吃錯了什麼藥？

史提芬：我吃錯藥？我以為我們……我以為妳……為什麼偏偏是奈……

泰拉：我們只是在聊天！

史提芬：好，沒錯，你們只是在……

泰拉：我們是在聊天！

史提芬：別騙我了！我只是想表示善意！

史提芬：我買了花給妳！

史提芬：我買花想表示——喏，拿著妳的笨雛菊……

（艾力克的哭聲）

泰拉：艾力克……

史提芬：拿著這個，跟……

泰拉：艾力克，你還好嗎？

史提芬：……統統拿去！

艾力克：我想回家。

泰拉：我帶你回家，艾力克，我們走……

史提芬：對，快帶他回家。帶他回他沒用的老媽那裡。他好幾天前就該回去了，他根本不應該來這裡。

泰拉：你沒看到你把他……

史提芬：我不想跟妳那智障弟弟有任何牽扯……

泰拉：艾力克，別聽他的。

史提芬：不，聽我的，艾力克，因為他們沒人會跟你講實話。

泰拉：不要……

史提芬：你永遠無法做出火箭，也無法上太空，根本不可能！你只是個小孩，小孩永遠沒辦法做出能上太空的火……

泰拉：夠了！別這樣跟他講話。

史提芬：怎樣跟他講話？像成人一樣跟他講話？妳想騙他，然後告訴他一切都沒問題，他自己一個人就可以完成幾千個人花好幾十億做的事？你以為事情這樣就能順利解決嗎，艾力克？你以為你會奇蹟般的找到你爸，或讓你哥不再……

泰拉：夠了！

史提芬：小子，我有個好消息要告訴你。二十年後你會醒過來，發現自己的人生只是一團狗屎！

泰拉：史提芬！

史提芬：那些假裝是你朋友的人會在暗中捅你一刀……

泰拉：我不是……奈森沒有……

史提芬：對，繼續否認啊。妳認為我是個白痴，對嗎？或許我真的是。或許就是像我這樣的白痴才會告訴艾力克真實世界是怎麼運作的。一個不會讓他保持不切實際希望的白痴！

史提芬：告訴你，艾力克，這個白痴要幫你一個大忙，他要把你的iPod丟到……

（翻找東西的聲音）

（艾力克的哭聲）

泰拉：你敢……

史提芬：把那個給我……

錄音檔31
12分49秒

泰拉：……一份薯條。嗯，對。

泰拉：艾力克，你要點其他的嗎？

艾力克：我可以點法式薯條冰淇淋嗎？

泰拉：你們有冰淇淋嗎？有，沒有？

泰拉：冰淇淋夾心餅乾可以嗎？

艾力克：可以。

泰拉：嗯，可以了，三二五號房，謝謝。

（掛電話的聲音）

艾力克：你們真應該看看剛剛泰拉的英勇表現。史提芬想把我的金iPod拿走，泰拉試圖阻止他，我們在那裡又拉又扯，然後泰拉就往史提芬的臉上揍了一拳。

泰拉：沒錯，他活該。

艾力克：妳居然揍他，我嚇到了，妳八成把他的眼睛揍黑了。

泰拉：我自己也嚇到了。我們全呆站在那裡，他臉上一副……

泰拉：天啊，我現在想起來……

泰拉：他讓我好生氣。

艾力克：可是這說不通啊，他買雛菊給妳耶！為什麼他這麼生氣，還要對大家大吼大叫？妳和奈森只是在聊天，為什麼他想打奈森，而且為什麼妳要打他？暴力不能解決任何問題。

泰拉：我以為史提芬想傷害你，我不能讓他這麼做。

艾力克：所以在他傷害我之前，妳先傷害他……

艾力克：我還是不懂為什麼他那麼生氣。我知道他喜歡妳……他以為妳喜歡奈森嗎？是不是因為我告訴他妳和奈森在講悄悄……

泰拉：嘿，不是這樣的。這件事跟你無關好嗎？

泰拉：史提芬只是以為……

艾力克：什麼？

艾力克：他以為什麼，泰拉？

泰拉：嗯，他以為我喜歡奈森。但除此之外還有別的原因，有時候人們會吵架是因為……因為他們期待別人是另一個樣子，或那些人不想成為的樣子。他們試著控制別人，當做不到的時候，就失去理智……他們不知道如何處理這種情況。

艾力克：可是我以為他已經有女朋友了……他愛她嗎？

泰拉：史提芬不知道什麼是愛。

艾力克：那什麼是……

泰拉：我遇過一些像他一樣的男人──他們甚至不算是個男人，他們只是年齡比較大的男孩。

艾力克：我就是個男孩。

泰拉：但在某個時間點你會變成大人，艾力克。你變成大人的時候，不會像史提芬那樣對別人。我知道你不會。

泰拉：別再提史提芬了。我們之後不會再遇見他了，好嗎？

艾力克：好，但妳可以告訴我史提芬跑出公寓之後發生了什麼事嗎？我睡著了，也告訴他們。

泰拉：艾力克，或許你不應該錄……

艾力克：拜託嘛。

泰拉：艾力克……

艾力克：拜託嘛。拜託，拜託，拜託？

泰拉：好吧。

泰拉：你睡著了，火箭科學家。你到札德的房間躲開鬧劇，接著呼呼大睡。我不怪你，我也被搞得精疲力盡。

泰拉：我到廁所幫奈森擦掉他流的血。感謝上帝他的鼻子沒斷，只是腫了起來，他眼睛下面也有一個被眼鏡劃到的小傷口。接著我打包我們的東西，告訴他我要帶你回岩景鎮。我不希望史提芬回來時我們還待在那裡。

艾力克：接下來我就醒了。

泰拉：接下來你就醒了。

艾力克：接著我和奈森說再見，我請他轉告札德很抱歉我沒辦法繼續住下去，希望他在冥想研討會有所啟發。

艾力克：奈森跟妳說什麼？

泰拉：我告訴他我很抱歉事情搞砸了，但他只是一副「事情有時候就是會發生」的樣子。說實話我也有點生他的氣，因為他沒出手幫忙，也沒反擊。誰知道呢？或許史提芬之前也發生過類似的事，奈森已經習慣了。

艾力克：泰拉，妳有住過旅館嗎？

泰拉：住過幾次。

艾力克：這間真不錯，床鋪得好整齊。

泰拉（笑聲）：我算過我們應該住得起一個晚上——前方還有很長的路在等著我們。

艾力克：明天可以去看大峽谷嗎？

泰拉：我也希望可以，但我們得帶你回家。你有打電話給你媽媽嗎？

艾力克：妳在洗澡時我有打給她，跟她說我們要回去了。

泰拉：她說什麼？

艾力克：她什麼也沒說。我是用留言的，因為她進入安靜時間就不喜歡接電話。

泰拉：艾力克……

艾力克：泰拉，妳也應該要打給妳媽。

泰拉：打給她說什麼？

艾力克：告訴她妳要帶我回岩景鎮，還有妳愛她。

泰拉：我不需要再有個對我大吼大叫的人，我今天已經受夠了。

艾力克：妳怎麼知道她會對妳大吼大叫？

泰拉：我就是知道。

艾力克：那我幫妳打，妳可以告訴我妳想對她說什麼，我會照著說，我也會轉述她要對妳說的話，這樣妳就不用聽到她對妳大吼大叫了。

泰拉：這我可以接受。

艾力克：這裡，妳的手機。

泰拉：……

艾力克：拜託嘛。

泰拉：好吧。

泰拉：因為你拜託我，我才打。

艾力克（輕聲說）：好了，各位，泰拉在打電話給她媽媽。

泰拉：嗨，是我。

泰拉：唐娜，我知道……

艾力克：告訴她妳愛她。

泰拉：媽……

泰拉：我愛妳。

泰拉：沒有，一切都很好。

泰拉：抱歉讓妳擔心了。

泰拉：嗯，他還跟我在一起。

泰拉：我現在不在拉斯維加斯，這就是為什麼我失約了。

泰拉：妳不會想知道的，我要帶他回科羅拉多的家。

泰拉：解釋起來有點複雜。

泰拉：他們看起來沒……

泰拉：他現在沒有別人能幫他。

泰拉：我知道，我會小心，媽，我知道。

泰拉：我不確定什麼時候。

泰拉：嗯，幫我跟霍華德打招呼。

泰拉：妳也是，拜拜。

（擤鼻涕的聲音）

艾力克：她有對妳大叫嗎？

泰拉：過來這裡，給我一個擁抱。

（沙沙聲）

艾力克：泰拉？

泰拉：嗯。

艾力克：史提芬說的是真的嗎？

泰拉：他說什麼？

艾力克：我不可能把火箭發射到太空。

泰拉：史提芬是個混蛋。別讓任何人告訴你不能做什麼。

艾力克：但如果他說的是實話呢？我想知道他說的是不是真的？

泰拉：呃……滿困難的。

艾力克：但完全不可能嗎？

泰拉：不是不可能。但或許需要不只一個人才能完成。所有的火箭科學家都需要很多幫助，也要花很多的努力和時間，或許會比你現在能想像的時間還要長。

艾力克：我現在就能想像很多事。

泰拉：我知道你可以。如果有任何人能成功發射火箭，我覺得那個人一定是你。你具備很多人沒有的條件。

艾力克：我具備什麼？

泰拉：你有計畫，知道自己的目標。你知道自己想要什麼，但很多人都放棄了。他們遇到第一個小小的障礙就不再努力，然後看到別人做一些在他們眼中不可能的事，就試圖阻礙其他人。史提芬就是這樣。這是他的問題，不是你或我的問題。

艾力克：我現在也具備了別的。

泰拉：什麼？

艾力克：我有個泰拉。妳會幫我很多忙，妳會幫我找出地球上所有的聲音，我們會用雙倍的努力一起建造旅行者4號，明年再去火箭節發射它。

泰拉：艾力克……

艾力克：真奇怪，我一直想到那個少年說的話……

泰拉：什麼少年？

艾力克：那個幫助我坐上火車但接下來生病的少年，還記得嗎？我以為妳有聽我的錄音檔。

泰拉：噢，那個少年，嗯，再跟我說一次他說了什麼。

艾力克：他說希望我找到我要找的東西。我也希望，但怪的是我要找的東西是地球上的聲音和一個戀愛中的男人，接著我找到可能是我爸爸的男人，結果我沒遇見他，反而找到我的泰拉。我很高興可以找到妳，真的很高興，但我沒找到爸爸，也沒找到戀愛中的男人，因為我覺得史提芬不算是，就好像我永遠找不到要找的東西，一直在找其他的東西。現在我也在找其他的東西，例如卡爾．薩根，我是不是也找不到牠？

泰拉：這不是事實……

艾力克：那什麼才是？

艾力克：什麼才是，泰拉？

（敲門聲）

無法辨識的男人：客房服務。

泰拉：我們的食物來了……

艾力克：泰拉？

艾力克：告訴我，我們會找到牠嗎？

艾力克：事實是什麼？

（敲門聲）

泰拉：我不知道。

艾力克：妳不知道。

泰拉：事實是我也不知道。

艾力克：但有機會，對吧？不是不可能。

泰拉：一定有機會的。

（敲門聲）

泰拉：總是會有機會。

無法辨識的男人：客房服務。

錄音檔32
3分29秒

哈囉各位，今早離開旅館前我打給羅尼，我告訴他，我和泰拉在前往岩景鎮的路上，還有，你跟潛在客戶談得怎麼樣？他說，什麼！我叫你留在ＬＡ！他對我大叫的時候背景有很多雜音，我猜他正在看籃球賽。我又告訴他一次我和泰拉要回岩景鎮，這次我也對他大叫好讓他聽見。他說，很好！這樣最好！回到家再打給我！

我們已經開了六小時了，但這六小時我們不是都在開車，現在我們在加油站裡吃午餐。泰拉很想今晚就到岩景鎮，但她覺得自己應該沒辦法再開六小時，所以提議我們趕在天黑之前開到聖塔菲，找間汽車旅館過夜。我說，為什麼我們不在車裡睡覺或找個可以露營的地方，因為我不想讓我的泰拉花光她的錢，她也覺得露營是個好主意。

於是我在Google Maps上搜尋露營的地點，上面說我們會開車經過新墨西哥州的陶斯附近，我想起肯・羅素的店就在陶斯。

我給泰拉看肯給我的名片，她說我們應該要打給他，或許他願意收容我們。我說，像收容所臨時收容流浪狗一樣嗎？泰拉笑了，她說不是那種收容，是你在朋友家待到很晚，累得不想開車回家，就在那裡留宿一晚的那種。我說，噢，妳的意思是過夜，泰拉說正是那個意思。我們打給肯，問問他我們能不能在他的院子裡過夜。

肯接起電話，我說，嗨，肯，是我，我們在火箭節見過面，就是幫你架發射欄的那小子。我試著發射旅行者3號但失敗了，所以你送我一件最佳努力獎的T恤，後來我跟史提芬、札德，還有卡爾・薩根一起去拉斯維加斯——就是你見過的那隻小狗，但我們在薩爾達把牠弄丟了，我們到處找牠、張貼海報、打給動物管制中心，但他們沒看到牠，然後我們去可能是我爸爸的男人家，結果遇到了泰拉。泰拉和我們一起去LA，但羅尼不在家，我們在史提芬家裡開了跳舞派對，但史提芬打破了奈森的眼鏡，還害他鼻子流血，他想搶走我的iPod，所以泰拉揍了他眼睛一拳。泰拉正在帶我回岩景鎮的路上，昨晚我們住在一間旅館，現在我們在I－40公路，但再過兩個半小時就會到新墨西哥的陶斯了，你可以收容我們嗎？是過夜的那種收容，不是收容流浪狗的那種收容。

肯過了很長一段時間都沒說話，我以為泰拉的手機可能收訊不好或斷線了，所以我說，哈囉？肯說，你再說一次你是誰？所以我們沒有斷線。我又重頭說一遍，但泰拉說把電話給她，但我告訴她我不想出車禍，她說轉成擴音就好。她跟肯解釋我在火箭節遇過他，接著問他我們可以在他後院露營嗎？因為我們已經有帳篷了，而且明天一早就走。肯說他要問問他太太再回我們電話，然後我們就把車子停下來……

（電話鈴響）

是肯打來的！等等我各位，我要先接電話。

錄音檔33
2分21秒

肯．羅素的房子在石子路上，抵達的時候我說，嗨，肯，你家的路好不平唷，你需要一個土木工程師嗎？我一開始差點認不得肯，因為他把下巴的鬍子剃掉了，現在只剩鼻子底下往兩邊捲起來的鬍子，但看起來還是很壯觀。

肯邀請我們進去，但要小聲一點，因為他的寶貝女兒漢娜正在睡覺，他說羅素太太，也就是黛安娜，去拜訪病人還沒回家。羅素太太是個物理治療師。我問肯，物理治療師跟一般治療師有什麼不同，因為我媽在我二年級的時候有去找過治療師，但之後就沒去了，因為羅尼說太浪費錢。肯說羅素太太的工作是幫助殘障人士或在車禍中背部受傷的人，讓他們可以重新移動身體。我告訴他我們在開車的時候泰拉說她的背很酸，所以或許她應該也要預約一下。

肯說我們去天文臺吧，這樣我們就可以用一般的音量講話，我忍不住大叫：你有一座天文臺！然後馬上把嘴巴摀起來，我不是故意要那麼大聲的，我太興奮了。我們走過一部分的後院，一眼望去都是黃土和棕色的小灌木，他和他鄰居的後院沒有圍欄，簡直就是發射火箭的完美地點。

我發現肯的天文臺其實不是真的天文臺，肯這樣叫它，是因為那棟房子的樓上全部都是玻璃窗戶，樓下是羅素太太的辦公室，但還是很酷。裡面放了肯的天文望遠鏡、毯子、地板上的抱枕，還有一個咖啡桌，上面有一些科學和瑜珈雜誌，旁邊有漢娜的玩具，還有一個放在玻璃展示櫃的土星五號火箭模型，但就只有那一個。我說，嘿，肯，你其他火箭的東西都跑到哪去了？他說都擺在店裡。

我們參觀完那個類似天文臺的地方後，肯邀我們一起吃晚餐，他說他要做披薩和沙拉。不久後羅素太太也回到家了，她親了肯一下，和我們打了招呼後換體育服去跑步，泰拉和她一起去，雖然她沒穿慢跑鞋，只穿了球鞋。

現在肯在廚房切菜，我在幫忙看剛醒來的漢娜。漢娜讓我想到小班的妹妹，但她不喜歡走路，比較喜歡蠕動，就像一隻巨大的蚯蚓。我想抓住她，示範給她看怎麼玩玩具，但她只是不停蠕動逃走，然後把鞋子弄掉。每次我幫她把鞋子穿回去，馬上就被她弄掉了！她一副快哭了的樣子，但我不知道為什麼，我只是想讓她心情變好，所以我像火箭發射前那樣開始倒數，因為這麼做會讓我心情比較好。我說五……四……三……二……一……她的眼睛愈睜愈大，還一面搖手像是想要我加快速度，接著我說：砰！然後她就笑了。我不認為她喜歡倒數，她只是喜歡「砰！」的那部分。我告訴她要學習耐心等待。

現在漢娜正在看我跟你們講話，她的眼睛又睜得好大了，然後……

（漢娜尖叫）

呃，我猜她想玩iPod。

（漢娜說嬰兒話）

或許她想要錄一些東西給你們……

嘿，停！很癢耶！

（艾力克的笑聲）

嘿，肯，我猜我們這裡有一個未來的太空人！

（肯的笑聲）

（漢娜說嬰兒話）

錄音檔34
14分50秒

艾力克：……妳確定嗎？我可以到別的地方錄……

艾力克：噢，已經開始了。

泰拉：沒關係，我應該不會很快就睡著。

艾力克：但妳開車很累。

泰拉：還好。

泰拉：我不想害你不能錄音，而且我也喜歡看你錄音。

艾力克：好吧，那我小聲一點，萬一妳想睡的話。

艾力克：嗨，各位，你們可能以為我和泰拉在羅素的後院搭帳篷，但其實沒有，我們在天文臺。肯和他太太說我們可以睡在這裡，不用睡外面，他們也拿出充氣床，比睡在外面的硬地板好太多了。

噢，對了，肯做的披薩很美味。他給了我食譜，之後回家我要做給我媽吃。晚餐時，我和泰拉告訴他們在火箭節之後發生的所有事情，以及是如何發現我們有同一個爸爸，肯說距離上次見到我，我的生活有了很大的變化。我告訴他，他的鬍子也變化得很大。

羅素太太說感謝上帝，我總算在回家的路上了，她說每次她離開家沒幾天，就會開始想家。她還是小女孩的時候，有一次不小心把前門打開，讓她的小狗跑走了，但幸好後來鄰居找到牠把牠帶回來。她希望我們也會找到卡爾・薩根。

晚餐後羅素太太哄漢娜上床，其他人幫忙收桌子洗碗盤，我和肯告訴泰拉火箭論壇上所有人都很期待這周末的火星衛星發射。我們也聊到我的偶像，肯告訴我他在上大學的時候第一次看到《宇宙》這個電視節目，他甚至把每一集都用ＶＨＳ錄影帶錄下來，並解釋什麼是ＶＨＳ，他說那三個字代表Video Home什麼的，他不太確定。他說有點類似藍光光碟，但它們比較大，而且裡面用的是磁帶，老是會在轉動的時候卡住，整個東西看起來很不優雅。我說，噢，你的意思是說它們很像哺乳類動物的祖先，那種長得類似尖鼠的動物，但那是人類邁向進化的重要過程，所以或許VHS就像你在家看節目的尖鼠階段。肯說我比喻得很好。

之後我們走到天文臺用肯的望遠鏡，但雲層很厚，看不到什麼，接著泰拉去車裡拿帳篷，就在那個時候羅素太太說我們可以睡在天文臺，不用睡外面。她和肯幫我們準備了充氣床、枕頭和毛毯，另外還準備了一些水，他們真的是很好的主人。

泰拉：我百分之百同意，他們之間的化學反應也很美妙。

艾力克：他們的化學……

泰拉：就像是……兩個人在一起的時候，可以激發出更多火花，就像能創造出第三個東西一樣。

艾力克：妳的意思是漢娜？

泰拉（笑聲）：漢娜也是，但我的意思是兩個人互相激發出的能量。彷彿……你幾乎可以看到或感覺到，只要跟他們在一起就能明顯感覺到，甚至是他們對彼此講話的樣子……你可以從他們的聲音聽出來。

艾力克：讓人感覺他們很相愛。

泰拉：完全正確。

艾力克：或許他們就像我們的爸爸和媽媽們一樣陷入愛河。

泰拉：或許吧……

艾力克：噢，或許肯可以當那個戀愛中的男人！

泰拉：嗯……

艾力克：我明天早上來問他。

泰拉：你知道嗎？我們在晚餐之前去跑步的時候，黛安娜告訴我她和肯訂婚之後，其實分開住了一陣子。肯的媽媽生病了，不得不搬回來，但黛安娜的物理治療診所剛進入軌道，所以她想留在舊金山。

艾力克：但她現在在這裡……她改變心意了嗎？

泰拉：我也是這麼問她，她說實際上不是她改變心意，而是她得留下直到準備好為止。但肯得離開，而且很氣黛安娜不跟他一起走，黛安娜也很氣肯要她放棄在舊金山的人生。她說他們總是為此吵架。

艾力克：但他們不愛彼此嗎？如果他們真的很相愛，為什麼還會吵……

泰拉：這……這有點複雜。你愛著某個人，並不代表你們從來不會吵架。但如果你們真的愛著彼此，通常可以一起克服困難。

艾力克：泰拉？

泰拉：嗯？

艾力克：妳有愛過別人嗎？

泰拉：我有愛過，一次。

艾力克：是玩玩的那個嗎？

泰拉：不是，不一樣，那次是真的。

艾力克：但是……我不懂，真的相愛跟假的相愛有什麼不同？妳怎麼知道哪次是真的？怎麼判斷的？

泰拉：那是某種你從心靈深處可以感覺到的東西，當你感覺到的時候就會知道，很難形容。

艾力克：是會想要跟人法式接吻那樣嗎？

泰拉：有時候會深吻，但不只是那樣，某種程度類似放手一搏，就像是做出某種犧牲，但是好的犧牲。你用一部分的自己來交換一個比你更大的東西，感覺很好，也很奇怪，但仍然很值得。

艾力克：但妳怎麼知道？一定有某種判斷的方法吧。不能靠測量心跳和腦波來判斷嗎？就像我的偶像做研究那樣？而且妳剛才說可以感覺肯和他太太很相愛，這又是怎麼知道的？

泰拉：嗯……或許從外表沒辦法真的知道，只有身在其中的人才真的知道。

艾力克：那這樣，要怎麼知道我們的爸爸愛我媽媽，或是否愛妳媽媽？

泰拉：我……

艾力克：或者他們只是玩玩。

泰拉：那不只是玩玩。我不知道，我記得的沒比你多太多。

艾力克：那妳記得什麼？

泰拉：我記得……我記得他會把我抱起來，用下巴摩擦我的臉頰，我會尖叫想躲開，因為他的鬍渣把我的臉弄得很癢。

泰拉：很奇怪，我對他的記憶大多是這類的。我的意思是，我並沒有很常見到他，我知道他住在別的地方，雖然我不知道確切地點。他不時會過來，唐娜在跟其他男人約會，但他還是會來家裡看我。

泰拉：有一次他買了一個棒球手套送我，唐娜不太高興。我猜她不希望我習慣他在我身邊，但我好喜歡那個手套。我們會玩丟接球，他會大力的丟球——不會因為我是女生所以丟得比較小力。我記得球投進手套裡的力道，以及手掌麻木的感覺。

泰拉：但……他有另一個完全不同的生活，和你、你媽、羅尼，而我卻一無所知。我的意思是，我大概知道他有另一個家庭，但我從來沒問過。我猜我不是真的很想知道……

艾力克：現在妳知道了一部分，明天妳遇到我媽媽之後會知道更多，然後我會帶妳參觀我們的房子、我的房間，還有我所有的東西，例如我偶像的書和我的四維超正方體和……

泰拉：你的四維超正方體？

泰拉：這是某部超級英雄電影的名字？

艾力克：噢，不是，那是我的科學老師佛格提先生送給我的。

泰拉：我的意思是，那是什麼樣的東西？

艾力克：看起來就像是一個透明的四方體在另一個四方體裡。

泰拉：我還是……

艾力克：好吧，妳知道四方形是二度空間，四方體是三度空間，對吧？

泰拉：對。

艾力克：四維超正方體就像四方體的四維版本。

泰拉：好吧……

艾力克：但其實我的那個不是真的四維超正方體，只是四維超正方體的影子，是個四維超正方影。

泰拉：影子……

艾力克：嗯，四方體有平面的影子，四維超正方體也有三度空間的影子，因為我們都活在三度空間，所以我們唯一可以看到四維超正方體的方式就是透過它們的影子。

泰拉：噢。

艾力克：等到我家直接拿給妳看比較快。

泰拉：好吧……

艾力克：妳還是沒弄懂嗎？

泰拉：什麼？噢，沒有……我的意思是，嗯，我不懂。

泰拉：但我腦袋裡也同時在想很多事。

艾力克：例如什麼？

艾力克：泰拉？

泰拉：例如，我開始收到餐廳經理的留言，問我為什麼沒去工作。愛咪也傳簡訊給我，說她沒辦法永遠幫我代班。我的意思是，或許我明天不該去見你媽，或許我應該把你載到岩景鎮，然後掉頭回維加斯。

艾力克：可是……為什麼？

泰拉：我不知道，我不知道我遇到你媽會發生什麼事，我擔心宇宙可能會爆炸。

艾力克：那不可能發生。

泰拉：你覺得不可能？

艾力克：因為宇宙已經在一百三十八億年前爆炸過了，現在也還在爆炸，至少類似。

泰拉：艾力克……

泰拉：嘿，跟我說一些天文冷笑話，或許可以安定我的神經。

艾力克：嗯……妳有聽過一個關於太空人和天文臺的笑話嗎？

泰拉：沒有。

艾力克：那個笑話有點長。

泰拉：我們時間很多。

艾力克：好。

艾力克：有兩個叫亨利和尼克的太空人，他們是好朋友，一起在山路最底端的一個天文臺工作，那裡原本是一個放牛的牧場。

艾力克：有個周末尼克結束一趟旅行，但他的班機誤點，所以當他的飛機終於在星期一晚上降落後，他必須直接去上班。他累到在辦公桌上睡著了，然後夢見他所見過最美的流星雨。

泰拉：有多美？

艾力克：非常美，他們應該要送上一個詩人才能形容。

泰拉：很美。繼續。

艾力克：所以尼克夢到很美的流星雨，但突然砰的一聲把他吵醒了。他看看四周，儀器還在運作，但附近沒有人。他說：亨利！你們在哪裡？但沒人回答，接著他又聽到另一聲砰，以及隕石掉下來的聲音，然後他想起夢裡看到的流星雨，或者應該要看到的流星雨。

他往天文臺的門口走去，當他走到外面時，他又聽到聲音了，這次更大聲，他甚至還從眼角的餘光看到一個亮橘色的東西劃過，但當他轉過身，那東西已經不見了。

尼克沿著山路跑下山，聽到另一聲砰，還有更多隕石掉下來的聲音，他朝著聲音的地方跑去，看見亨利和另一些太空人正站在空曠田野的最底端，手中還拿著手電筒。他朝著他們跑去大喊：亨利！隕石落在哪裡？

當尼克跑到那邊的時候，亨利正拿著一根用白色水管做的長型大砲，發出目前為止最響亮的一聲砰，一個著了火的牛屎從砲口射出，劃過了天際。

然後亨利跟他說，那才不是什麼隕石，那是屎，尼克[1]！

（蟋蟀鳴叫聲）

（泰拉咯咯笑）

（艾力克咯咯笑）

（兩人一起笑）

艾力克：好笑的點在聽起來很像蘇俄的衛星史波尼克。

1 原文為It's a Spud, Nick!（那是馬鈴薯，尼克！）唸起來很像蘇俄的衛星Sputnik。為了傳達艾力克的雙關語，此處中文譯文做了轉換。

錄音檔35
6分51秒

各位，你們一定無法相信剛剛發生了什麼事！你們一定無法……噢。

抱歉泰拉還在睡覺，我得小聲一點。

我們今天早上很早就離開陶斯了，但我們離開前，肯說他有個禮物要送我，他給我一個盒子，盒子裡面是一個舊的望遠鏡！他說這是他在找VHS錄影帶的時候找到的，他已經有一個望遠鏡了，所以這個可以給我！

但這不是那件你們無法相信的事。

我們跟肯道別……

噢，不！我忘記請肯當那個戀愛中的男人了！我居然忘了……或許我們可以……不行，已經離太遠了。

對不起各位，我會記得打去問他願不願意，透過電話錄音應該還是有辦法。

總之，我們跟羅素一家說再見，上了高速公路，遠方有很大一片的雨雲和閃電，我們在高速公路上轉了個彎後，就直直開進了暴風雨當中。風雨很大，雖然泰拉開了頭燈、把雨刷調到最快，還是很難看到路。我說，嘿，泰拉，我猜這是一場暴風雨，也許我們應該靠邊停，但泰拉說還是繼續開吧，我們已經在暴風圈中了，離開最好的方式就是穿過它。

我真的不希望出什麼意外，但我也想盡快到岩景鎮，這樣泰拉就可以見到我媽，我想泰拉也是。

所以我們繼續開，每次我們經過卡車的時候，輪子濺起來的水花都會潑到我們車上，泰拉只好開得更快超越它。我們沒在任何餐廳或加油站停下來，羅素太太給了我們一些零食，我們就吃那個當午餐。暴風雨似乎永無止境，但突然間，雨變小了，泰拉把雨刷調成最慢的模式。我以為我們在暴風雨的中心，但我不太確定暴風雨是不是像颶風一樣有颶風眼，但我猜應該沒有，因為之後雨一直很小。接著我睡著了，等我醒來的時候我們正好要轉進我們家那條街，感覺好詭異，好像我是《接觸未來》裡面甚大天線陣的電波望遠鏡，本來一切都是靜止的，接著突然收到訊號，發出滋滋滋的聲音，只不過不是偵測到外星智慧生物的存在，而是偵測到我們快到家了。

我們總共花了六小時，比原訂計畫多花了兩小時。我們到家的時候還在下雨，但不像剛才那麼大，我拿出鑰匙打開門，一切好安靜，因為卡爾．薩根沒有在門口搖尾巴或跳到我身上。泰拉問我發生什麼事了？我說，我怎麼可以就這樣忘了我最好的朋友？泰拉說，我媽呢？我告訴泰拉，我媽也是最好的朋友之一，但我現在指的是卡爾．薩根。泰拉問，我媽在家嗎？我說，噢，讓我看一下！

我敲了敲她的房門說，媽？妳在家嗎？沒有回答，我打開門發現她不在。我告訴泰拉，我媽可能去散步了，希望她有帶雨傘。泰拉問，她什麼時候會回來？我說，要看她在賈斯汀．曼多薩家左轉或右轉，但如果妳想的話，我們可以到屋頂上看看。接著我看到泰拉又打了個呵欠，像她之前在車裡那樣，我告訴她我們應該睡一下，等我媽回來再跟她見面，泰拉說好。

我帶泰拉參觀我的房間，她立刻在羅尼的床上躺下，我把四維超正方體從架子拿下來給她看，但轉過身的時候她已經睡著了。所以我把她的鞋子脫掉，到走廊的衣櫥拿了一條毯子幫她蓋上，因為她躺在原本的那條毯子上。

我走出房間想打電話給動物管制中心，但我看到答錄機閃著燈，代表有新的留言。有些留言是我在新墨西哥、拉斯維加斯和洛杉磯留給我媽的，羅尼也留了一則，還有一則留言是科羅拉多衛生及公共服務部門一個叫做珍娜塔的人留的，要我媽打給她。最後一則留言來自拉斯維加斯，一個聲音很和善，叫珍妮．梅波森的女士，她說她找到卡爾．薩根！她找到……噢！

我又太大聲了。

在那則留言中，珍妮．梅波森說她在卡爾．薩根的項圈上看到我的名字和電話，她說小狗叫這個名字還真奇特。我馬上回電給她，但一開始有點難開口，就像胸腔裡有一個很大的水球。當珍妮．梅波森說：「哈囉？」的時候，就像有人刺了水球一下，所有的水都溢出來，讓我陷在裡面。我想講話，但沒辦法，也有點難呼吸，接著我想到或許那就是札德在守沉默之誓的感覺。

一會兒後，我終於可以說話了，我告訴珍妮．梅波森我收到關於卡爾．薩根的留言，我問她我可以跟牠講話嗎？還有她是在哪裡找到牠的？她說她要離開美甲沙龍的時候發現牠躲在她車底下。珍妮把牠抱到電話旁邊，我說，嗨，小子！是我，艾力克！我猜牠認得我的聲音，因為我聽見牠項圈上的鈴聲。

珍妮．梅波森問我幾歲，我告訴她，我十一歲，但我負責任的年齡至少有十三歲。她說，小朋友，你要好好照顧你的小狗，牠離家很遠。我說，嗯，對啊，我在拉斯維加斯的時候牠跑走了，那是在我們參加火箭節、我的火箭發射失敗之後的事情，接著我遇到我的泰拉，一起去洛杉磯找羅尼。接著珍妮．梅波森說，你何不登上那艘火箭，回來接你的小狗呢？

我告訴她我沒辦法，因為要造那麼大的火箭很貴，這就是為什麼藍登．西威目前正在研發如何回收火箭的技術。珍妮．梅波森說如果這樣的話，我得找在拉斯維加斯、洛杉磯，或其他地方的朋友去接卡爾．薩根，因為她沒辦法一直照顧牠。我說，這個主意真不錯，等泰拉睡醒我會請她問她媽媽，因為她媽媽住在拉斯維加斯。珍妮．梅波森給我她的住址，還說請那個人盡快，因為你的狗一直在放屁！

我說，妳應該餵牠無麥麩、不含乳製品的天然火雞罐頭，牠的消化系統很敏感。

錄音檔36
2小時4分14秒

（煎東西的聲音）

嗨，各位，聽得見嗎？

有點吵，因為我正在煮晚餐，希望你們聽得見。

我媽還在散步，還沒回家，但我猜她回來之後會很高興看到我幫忙準備的食物。她已經吃完冰箱裡所有的東西，也自己煮了一些，我在水槽裡看到髒的碗盤和空的保鮮盒。我剛才去了屋頂，但沒看到她，接著我留了一張紙條給泰拉，告訴她我去超市買食物。但我其實不需要留紙條，因為我回來的時候泰拉還在睡，她一定很累。

（鏟子鏟食物的聲音）

我真希望能用這個金iPod記錄食物的香味。我的偶像把圖像轉換成二進位數，也就是零跟一，記錄在金唱片中，所以或許我也可以想出把氣味轉換成二進位數的方法，現在這個技術應該還不存在。如果可以，我會記錄菠菜的香味，也就是我現在煮的東西，還有我已經煮好的馬鈴薯泥、酸奶和奶油的香味。我也會記錄烤豬肋排的味道，那是我媽最喜歡的食物。有一次她到超市買了七磅豬肋排，回到家後一口氣吃完，她就是那麼喜歡。

（鏟子鏟食物的聲音）

好了，煮好了。

（抽屜打開的聲音）

（廚具碰撞的聲音）

我要去看看泰拉醒了沒。

（腳步聲）

（敲門聲）

艾力克：哈囉，泰拉？

（門咿呀打開的聲音）

艾力克：妳醒了嗎？

泰拉：嗯。

艾力克：泰拉，妳已經睡了四個半小時了。

泰拉：這麼久？

艾力克：就是這麼久。

艾力克：晚餐快好了，我做了烤豬肋排、菠菜、馬鈴薯泥。我還有個好消息！珍妮·梅波森找到卡爾·薩根了！

泰拉：太棒了！誰是珍妮·梅波森？

艾力克：她是拉斯維加斯一個人很好的女士。她打電話來要我回電給她。妳可以麻煩妳媽趕快移動她的屁股去接卡爾·薩根嗎？

泰拉（**笑聲**）：沒問題。

泰拉：你媽……她回來了嗎？

艾力克：她還沒回來。

泰拉：艾力克，她……

艾力克：泰拉？

泰拉：嗯？

艾力克：妳嘴巴好臭。

泰拉（笑聲）：好啦。

艾力克：妳可以用我的漱口水，在廁所櫃子裡的那罐藍綠色瓶子。我也在放牙刷的地方放了一支新的給妳，紅色的那支。

泰拉：火箭科學家，你真貼心。某天你會讓你的茱蒂絲·布魯明頓博士感到很幸福。

泰拉：等我幾分鐘好嗎？我馬上就好了。

艾力克：好！我再去看一下我媽！

（急促的腳步聲）

（車庫門打開的聲音）

（窸窸窣窣的聲音）

（關門聲）

（沖水聲）

（開門聲）

（抽屜開起來又關上）

泰拉：是放在哪裡……

泰拉：噢，這就是他提到的那個東西。在四方體裡的四方體。

泰拉：他忘了他的……

泰拉：嘿，艾力克？

泰拉：你在哪裡！

艾力克（從遠處傳來）：我在外面！

泰拉：艾力克，你們有阿斯匹靈嗎？

泰拉：還有你把iPod忘在床上了！

艾力克：那個在……

艾力克：噢噢噢……

（東西摔下來的聲音）

泰拉：艾力克？

（艾力克的尖叫聲）

泰拉：艾力克！

（匆忙的腳步聲）

（艾力克叫得更大聲）

泰拉（從遠處傳來）：艾力克！

（狗叫聲）

泰拉：別動好嗎？我現在就……

（艾力克的尖叫聲）

泰拉：有人在嗎？快來幫我！我弟弟他……

泰拉：不、他……

（艾力克的尖叫聲）

（狗叫聲）

泰拉：鑰匙、鑰匙在哪……

泰拉：鑰匙！

（甩門聲）

泰拉：撐著點！

（艾力克的尖叫聲）

（狗叫聲）

（甩車門聲）

（引擎發動）

（輪胎摩擦地面）

（引擎加速）

（狗叫聲）

（門鈴聲）

無法辨識的男子：哈囉？

（門鈴聲）

無法辨識的男子：有人在家嗎？

（敲門聲）

無法辨識的男子：我們從街的另一頭聽到求救聲，你們還好嗎？

（敲門聲）

無法辨識的男子：哈囉？

（車子經過）

（鳥叫聲）

（車子經過）

（蟋蟀叫聲）

（車子經過）

（蟋蟀叫聲）

錄音檔37
3分15秒

我是泰拉，艾力克在恢復室，他一小時前剛動完手術，或者兩小時？我不記得了。我打給他哥，也打給我媽和霍華德，我打給所有人。現在是凌晨三點，所有人都在睡覺。

天啊，我恨死醫院了，我現在還不能去看他，護士說他們不確定他要在恢復室待多久才能轉到一般病房。待在這裡枯等讓我感覺很糟，因為我一點用處都沒有。我不能填任何表格——我沒有他的保險資料，我甚至不知道他媽媽的姓氏！

我想回去找她，於是開到艾力克家門口，看到她的車就停在車庫裡，以為她終於回家了，但我馬上想起車子一直停在那裡。車子擋泥板上有一個很大的凹洞——我之前沒注意到。艾力克有說過她不再開車了嗎？事情真的很不對勁。我又查看了她的房間、床鋪——

之前就是這樣了嗎？上頭堆滿報紙上剪下來的……那叫什麼？廣告折價券，沿著牆堆得像小山一樣高，還布滿灰塵，就像完全沒人住在這裡一樣。我開始想，她會不會已經不在家好一陣子了？會不會比一陣子還要更久？噢，天啊，我的意思是，該不會這一切都是艾力克捏造的？像是他假裝她還在，因為他沒辦法承認媽媽已經不在這裡的事實？這樣說來，我從來就沒聽過他直接跟她講話……這不太正常，對吧？他怎麼可能自己一個人住在這間房子裡？發生了什麼事？

凱倫，那是她的名字，他媽媽的名字叫凱倫。

為什麼我現在在跟這個東西講話？我自己也不懂。在我們去醫院的路上，艾力克一直提到他的iPod，說它還在錄音，而且快沒電了。我不停告訴他，我知道，我會把它帶去。或許我應該要等救護車來，但在我意識到自己在做什麼之前，我們已經在我車上了，我甚至不記得自己是怎麼開到醫院的。我剛剛走到之前艾力克摔下來的地方，草地上長滿雜草，像是很多年沒人清理，梯子還卡在欄杆上，還有血殘留在那根棍子，或管它是什麼的東西上，應該是圍欄的一部分。至少那東西沒有插進去太深，或許一吋——噢，天啊，我不應該把它拔出來，我應該不要動它。但是，為什麼他要帶著望遠鏡爬到屋頂上？

我還在房子裡。我把那根棍子丟掉，把其他東西收回車庫，當我走進來，看到艾力克幫我們兩個做的晚餐還在桌子上，沒有人動過，我想到從羅素家離開後我就沒吃任何東西，於是狼吞虎嚥的吃了一頓。之後我試著要把剩下的食物放到冰箱，但就連這麼簡單的事都有困難，我花了十分鐘才找到大小剛好的保鮮盒。我又試著打給羅尼，掛掉，然後重複同樣的動作大概五次。我應該回醫院嗎？我應該待在這裡等他媽媽嗎？我試著要聽在發生意外之前的錄音，但我連幾秒鐘都聽不下去，一聽到艾力克的聲音就彷彿看到他掛在那個欄杆上……

錄音檔38
3分26秒

又是我。

他們還是沒有把艾力克從恢復室轉出來。

不知道為什麼會花這麼久。

他們沒告訴我真正的原因，只說他們需要繼續觀察他的情況，然後等待。

什麼都不能做，只能等。

羅尼終於接電話了，他聽完我說的事情後陷入一陣沉默，至少一開始是這樣。他可能只是被嚇到了，我問他，他們的媽媽是不是還住在他們的房子裡，他一副「妳是什麼意思，她當然在啊」的口氣。我跟他形容房間布滿灰塵，積滿廣告折價券的情況，他說他會想辦法搞清楚發生了什麼事。接著我問他，他什麼時候要飛過來？他說，但艾力克應該沒事吧？他們會把他轉到普通病房，他只是需要休息一陣子？

就在這個時候我意識到他其實不想來，他不想……

哈！我甚至沒辦法對他生氣，我太累了。

總之，我對他發飆，他也對我大吼，問我那樣有什麼幫助？他今天或過幾天來有什麼差別？艾力克還是在住院啊。我說，你是有什麼毛病？艾力克需要和家人在一起。羅尼像是被人踩到痛處似的對我大叫，說我是誰？有什麼資格評論怎樣對他家人比較好？但在這之後，他叫我待在這裡，他會搭下一班飛機過來，我猜他終於清醒過來了。

我又重播艾力克的錄音，這次我可以聽比較久了，但接著我聽到那段錄音——我們在札德家的那個晚上，我們全都在喝酒跳舞……

我怎麼可以這樣……這樣……

重聽那段錄音，讓我很想吐。我居然在他面前，在他面前，我……

（啜泣聲）

接著我聽到……我沒辦法……沒辦法再聽下去，也沒辦法繼續待在等候室。我得……

（擤鼻涕的聲音）

我回到車上發動引擎，漫無目的的往前開。

這個小鎮沒什麼路燈，也有可能他們會在晚上把路燈熄掉之類的。所有的紅綠燈都在閃著黃燈，不曉得為什麼這讓人感到安心。在所有人和所有東西都在沉睡時，我頂著車頭燈往前開。

我路過一個還在營業的加油站，我把車子調頭，進去買了一包口香糖。我想拆開塑膠包裝，但手抖得好厲害，最後終於拆開了，店員看我的表情，像是在問說：「妳還好嗎？」一副我很不好的樣子。

現在我站在建築物的前面，盯著加油站，不知道自己在這邊多久了……

我的意思是，我到底在做什麼？

我應該要做什麼？

你可以給我一個答案嗎？

你當然不行，因為我正在跟一個可笑的iPod要答案。

錄音檔39
4分10秒

泰拉：開始錄了。
泰拉：你想拿著嗎？
艾力克：——
泰拉：我把它放在你手旁邊，可以嗎？
艾力克：——
泰拉：你想喝水還是蘋果汁？
艾力克：——
泰拉：好吧，想喝再告訴我。

艾力克：——

泰拉：艾力克，仔細聽我說，你要對我完全誠實，你可以告訴我任何事，你知道吧？

艾力克：——

泰拉：如果你聽懂的話，點個頭。

艾力克：——

泰拉：你說你媽媽去散步。

泰拉：你知道她去哪裡散步嗎？

艾力克：——

泰拉：你有跟她一起去過嗎？

（艾力克的呻吟聲）

泰拉：這裡，我去拿來。

（病床往上升起）

泰拉：喏，喝吧。

（吸吸管的聲音）

泰拉：還想喝嗎？我可以請護士再拿一點過來。

艾力克：——

泰拉：好吧，想喝再跟我說。

泰拉：艾力克，你媽媽通常會散步多久？

泰拉：一小時？

艾力克：——

泰拉：不只？

（艾力克的呻吟聲）

泰拉：別說話，用手指比就好。

泰拉：三？三小時？然後她就會回家了？

艾力克：——

泰拉：她有回家嗎？

（艾力克的呻吟聲）

泰拉：艾力克，我知道你現在很難回答。撐著點，幫助我了解到底發生了什麼事。

泰拉：我只是想要知道真相。你的偶像相信事實真相，對吧？

艾力克：——

泰拉：很好。現在告訴我——你媽媽在幾小時之後是不是有時候不會回來？

艾力克：——

泰拉：她最長離開多久？

艾力克：——

泰拉：多久，艾力克。用手指告訴我。

艾力克：——

泰拉：小時？

艾力克：——

泰拉：不是？所以是天？好，很多天……

泰拉：艾力克，我現在要去打個電話，好嗎？我就在外面。

艾力克：——

（簾子拉開）

（簾子關上）

泰拉（從遠處傳來）：我要申報一起失蹤案……

（病床往上升起）

（病床降回水平）

（病床往上升起）

（病床降回水平）

（病床往上升起）

（病床降回水平）

（簾子打開）

（艾力克的呻吟聲）

泰拉：怎麼了？

泰拉：你不想要你的iPod？

艾力克：——

泰拉：好吧，我先拿著。你現在先專心把身體養好。

泰拉：等你好一點我再還給你，好嗎？

艾力克：——

泰拉：我的火箭科學家最乖了。

泰拉：現在好好休息吧。

錄音檔40
10分48秒

泰拉：艾力克，你看。

泰拉：有人來看你了。

艾力克：噢，嗨，史提芬。

泰拉（對史提芬說）：他還不是很清醒。

史提芬：我帶了個東西要給你。

艾力克：什麼東西？

泰拉：你自己看看。

（翻找袋子的聲音）

艾力克：強尼火箭！

泰拉：可惜他現在不能吃。

艾力克：沒錯，我現在只能吃流質食物。

史提芬：對不起，我應該先問的。

艾力克：不過聞起來很香。希望我可以用聞的把它吃掉，但這樣我就是在吃氣體食物。

泰拉：從這番話看來，他已經完全清醒了。

泰拉：嘿，艾力克，我們去窗戶旁邊，史提芬要給你另一個驚喜。

艾力克：真的嗎？

泰拉：去看看吧。

（病床往上升起）

泰拉：小心。

泰拉（對史提芬說）：他稍早之前連走路都有困難。

艾力克：嗯，我好暈，但克萊門斯醫生說我要繼續移動身體，因為，呃，我忘……

泰拉：讓他的器官不要黏在脊椎之類的。

泰拉：好，就在下面那邊，看到牠了嗎？

艾力克：卡爾．薩根！還有札德！謝謝你帶牠來，謝謝——哇嗚……

泰拉：小心！

史提芬：你還好嗎？

艾力克：有時候還是會痛。

史提芬：對不起，我本來想帶卡爾．薩根進來，但他們只讓導盲犬進醫院。

泰拉：史提芬和札德開了一整個晚上和早上才到這裡。

艾力克：意思是，妳不再生史提芬的氣了，泰拉？

泰拉：在ＬＡ的事情現在已經不重要了，重要的是你得快點好起來。

艾力克：我要去上廁所。

泰拉：你自己可以嗎？

艾力克：應該可以。

（廁所門打開）

泰拉：如果你需要幫忙叫我們一下。

（廁所門關上）

史提芬：他們要他住院多久？

泰拉：醫生說再一或兩天。

史提芬：他媽媽呢？

泰拉：還是沒找到。我昨天回他家一趟，因為得找一張她的照片交給警察。

史提芬：那他哥呢？

泰拉：理論上他應該搭昨晚的飛機，但我還沒收到他的消息。我有留言跟他說他們媽媽的情況。我不知道。

泰拉：史提芬，你跟奈森還……我很抱歉。

史提芬：應該是我要道歉。妳會生氣是應該的……

無法辨識的男人（從遠處傳來）：……B六一二在哪裡……我在找B六一二號房……

（簾子拉開）

泰拉：羅尼？你是羅……

羅尼：艾力克呢？

泰拉：他在廁所。

羅尼：你是誰？

史提芬：呃，我是史……

（敲門聲）

羅尼：艾力克，是我。你在裡面嗎？

艾力克：羅尼？

羅尼：嘿，小子，你還好嗎？

艾力克：我大不出來。

羅尼：你大不出來。

泰拉：他現在只能吃流質的食物。他的腸子一直沒動靜，自從……

羅尼：警察有什麼消息嗎？

泰拉：還沒。

（沖水聲）

（水龍頭水流聲）

（廁所門打開）

艾力克：羅尼！

羅尼：嘿，小子，慢點。

羅尼：我看看。

泰拉：小心那些繃帶。

羅尼：這是……

羅尼：為什麼有兩個？為什麼他們在中間這裡開刀……

泰拉：他們得確定沒有其他的腸子受損。我們很幸運，情況沒有更糟。

羅尼：妳說這叫幸運？還有首先，為什麼他會在梯子上？

艾力克：羅尼，你見過史提芬了嗎？還有札德也來了，他跟卡爾・薩根在外面。我們到窗戶那邊，我指給你看……

羅尼：好好好，我看到那隻狗了，還有那個禿頭的嬉皮。

艾力克：真開心你來了，羅尼。我知道你跟潛在客戶有會要開。

羅尼：當然啦，小子。我得確定你沒事。

羅尼：聽著，既然現在我來了，你們可以……

泰拉：怎麼了？

羅尼：我看過妳，我是在哪裡看過妳的？

艾力克：她是我們半個……

艾力克：噢，我的意思是她是我們的泰拉，我們有同一個爸爸。

羅尼：我們有同一個……

泰拉：羅尼……

羅尼：外面，去外面說。

泰拉：讓我解……

羅尼：外面。

泰拉：史提芬，拿著他的……

史提芬：嗯……

（簾子關上）

艾力克：史提芬，你可以繼續拿著。

史提芬：好。

史提芬：我要開電視，你想看什麼？

（頻道切換）

艾力克：火星衛星發射是什麼時候？我們可以看現場直播嗎？

史提芬：他們把發射延後到下星期，因為風太大。

（卡通音樂）

史提芬：這個怎麼樣？

艾力克：可以。

艾力克：火箭論壇的大家都還好嗎？你們有要報名下一屆的西威大賽嗎？

史提芬：我不知道。大家都……

羅尼（從遠處傳來）：噢，這只是……妳才跟他在一起沒幾天，現在妳就以為……

史提芬：我們，嗯，有很多新成員加入。我看到一篇文章，上面說大家因為西威航太又開始對天文和火箭感興趣了。

艾力克：這是件好事。卡爾．薩根還好嗎？牠看起來有點瘦。我出院之後可以幫牠洗澡，但你們可以餵……

羅尼：妳說妳不記得是什麼意思！好好想！妳告訴他們什麼……

史提芬：艾力克，等一下。你還是待在床上比較好。

艾力克：可是羅尼和泰拉在吵架，我不想要他們吵架。

史提芬：我也不想他們吵架，但我們現在不能去插手。你媽媽……

艾力克：我媽媽怎麼了？

史提芬：羅尼和泰拉正在想辦法要找你媽。

艾力克：她還好嗎？

史提芬：我想她應該沒事……

（簾子拉開）

史提芬：泰拉……

泰拉：在這裡陪艾力克。

（鑰匙撞擊的聲音）

艾力克：泰拉？羅尼在哪？我們的媽媽在哪？妳要去……

泰拉：史提芬會在這裡陪你，我馬上就回來。

艾力克：泰拉，別走！我不想要妳……

泰拉：羅尼，等等！

艾力克：你們為什麼……

艾力克：可是……

史提芬：呃，我先把錄音關掉。

錄音檔41
5分26秒

嗨，各位，我今天出院了。出院的意思就是我可以回家了，醫院就像是一間修車廠，我先前有些故障，現在問題解決，又像新的一樣了。

我今天早上醒來的時候，發現羅尼在我房間，他在我床旁邊的椅子上睡覺，還穿著昨天的西裝和襯衫。我看著他一會兒，不久他打了個呵欠、揉揉眼睛，問我醒來多久了？我告訴他只醒了幾分鐘。接著他又問，為什麼盯著他看？我告訴他，因為我很久沒有看到他本人了。

羅尼從椅子上坐起來，我問他，昨天到底發生了什麼事？還有，史提芬說他和泰拉想去找媽媽，他們有找到嗎？她還好嗎？羅尼說他們找到了。她在貝爾馬的醫院，晚點他會去看她。我說，為什麼媽在醫院？她也從梯子上摔下來了嗎？羅尼說她沒有受傷，他們只是要在醫院幫她做一些測驗，我問是什麼測驗？羅尼說就是測驗，不關我的事，我說我覺得這很關我的事，因為我的感覺就是如此——我很關心。

接著羅尼把他的椅子拖到我床旁邊，整個人聞起來就像學校男生更衣室的味道，他要我仔細回想某件事。我說，什麼事？他說希望我回想除了泰拉和札德他們之外，是否有別人知道我自己待在家，特別是我們媽媽去散很長的步的時候。

我用手指敲敲下巴，我說，嗯，讓我想想……接著我告訴羅尼，卡爾．薩根、小班和克萊門斯醫生知道、學校的佛格提先生和坎普斯太太，以及火車上的少年、加油站的巴席爾先生、新墨西哥陶斯的羅素一家人、一些我在火箭論壇的朋友知道，還有那些我錄音對象的高等智慧生物知道。

我告訴他這些的時候，羅尼用一副好像看到鬼的表情看著我。接著他說從現在開始，別告訴任何人媽媽會在安靜時間去散步，也別告訴別人我自己一個人在家，還有別告訴其他人我去參加火箭節、在網路上認識陌生人，也別在網路上亂認識陌生人！

我告訴羅尼，我知道，對不起。我問他為什麼我不應該告訴別人發生了什麼事，這跟媽媽的測驗有關係嗎？他說，別說就對了，接著說他得先走了，但札德他們在來的路上，之後泰拉會來幫我辦出院。

史提芬和札德到了之後，扶著我在走廊上到處走，因為克萊門斯醫生希望我盡量走動。之後，我們一起在病房裡看了一下電視，但我喜歡的節目都還沒開始，所以我們看了一個遊戲節目，節目要參賽者猜不同早餐的卡路里，把我搞得很餓。我還是不能吃固體的食物，但可以吃介於固體和液體之間的食物了，像是麥片和蘋果醬這類泥狀的東西，但不包括法式冰淇淋蘋果派，因為我不能吃奶製品。

我們在看電視的時候，史提芬的表情變得很奇怪，不像是生氣，也不是他剛遇到泰拉的那種表情。他一直看向窗外，像是在找什麼東西或是在等某個人，或許他在等泰拉。有時候他又會轉回來看電視，卻在應該要笑的地方皺眉頭。

我說，嘿，史提芬，如果這個遊戲節目會讓你難過，那我們可以看別的，史提芬說，跟電視沒關係，我說，那跟什麼有關係？你又跟奈森吵架了嗎？因為在六年級剛開學那時候，小班在學校餐廳他的新朋友面前取笑我，把我弄哭了，但後來他在公車上說對不起，我們就一起去他家打電動，因為原諒人是一種美德。

史提芬說沒什麼，接著他笑了，但我知道那是裝出來的。我說，史提芬，我知道你只是在假笑，你其實很難過，因為我也被你感染了。他說，我們聊聊別的吧。然後說起今早他和札德幫卡爾．薩根洗了個澡。我說，真的嗎？你怎麼辦到的，因為卡爾．薩根很討厭洗澡。史提芬說，因為某種原因，卡爾．薩根只要待在札德旁邊就會很平靜，我說可能是因為札德時常冥想，卡爾．薩根可以感覺到這類的東西。札德說，或許我們現在可以一起冥想，史提芬說，好啊，為什麼不，所以我們把電視關掉，史提芬坐到椅子上，札德坐到窗戶旁，而我本來就坐在床上了。

札德說，我們應該要試著感覺我們目前的感覺，我感覺很興奮，因為我馬上可以和卡爾．薩根團聚了，我也懷有希望，因為我希望媽媽可以通過測驗。冥想結束之後，札德問我感覺如何，我說我有點擔心史提芬，因為我不確定他怎麼了。我問札德，你感覺如何？他說，中心。我說，在什麼的中心？他說，在宇宙的中心。我告訴他這一點道理都沒有，因為宇宙沒有中心，而是朝所有的方向快速膨脹。

錄音檔42 8分19秒

你知道精、神、分、裂……症是什麼嗎？

我不太確定有沒有說錯。精神分裂症就是你聽到只有你自己才會聽到的聲音，有時候這個聲音會叫你做一些事，你沒辦法分辨什麼是真的，什麼不是真的。我問泰拉是不是就像有個幻想朋友一樣，因為我從來就沒有這種朋友，但是我一年級的時候有些同學有，這表示他們也有精神分裂症嗎？泰拉說，不，小孩的話沒關係，幻想朋友長大自然就會消失，但如果你是成人，卻還不能分辨出差別的話就有問題了。

我媽住院的原因是因為她有精神分裂症，一個聲音告訴她，從我們家一路走到貝爾馬的購物商城，再脫掉衣服在商城的噴水池裡面洗澡是個好主意。

泰拉花了很多時間才願意跟我說我媽的事。她來幫我辦出院手續的時候，我就問她了，她說之後再跟我說，所以我們在車子裡的時候我又問她一次，她又說到家再說，所以到家後我又問她，然後她終於告訴我了。

我問泰拉，我們什麼時候可以去看我媽？因為我很想她，我也希望她可以見見我的泰拉，而且我也很會解決問題，或許可以幫她解決精神分裂的問題。泰拉說，她猜我媽也很想我，但那裡的醫生會幫忙，我們在講話的時候她正逐漸恢復。她說我很快就可以去看我媽了，我可以煮她最喜歡的食物帶去，讓她知道我有多愛她。

卡爾·薩根看到我出院很興奮。我一走出醫院的自動門牠就往我身上跳，我說，小心點，小子！我身上還有縫線！我抱著牠，搔搔牠的耳朵，接著一起搭泰拉的車回家，但當我走進家門，幾乎認不出家裡的餐廳。有一些箱子堆在牆角，有點像札德他們在ＬＡ的公寓，但箱子裡裝滿紙而不是空箱子，桌子上也堆滿了紙。

我說，發生了什麼事了？這些箱子和紙是從哪來的？泰拉說是羅尼從地下室拿出來的，她在幫他整理，那些紙是我媽媽舊的退稅單、醫療紀錄之類的東西。我告訴她，我光是看到這麼多東西就頭痛！泰拉說她懂我的感覺，她的頭也很痛。我告訴她，她應該要休息一下，到外面跟我和卡爾．薩根一起玩，但她說羅尼希望我待在家裡，如果有任何人打電話或敲門的話別回答。我問，為什麼不能出去？今天天氣這麼好！她說她之後再解釋。

所以我在房裡跟卡爾．薩根玩丟接球，當牠玩累了在走廊上跑來跑去，我們就坐在沙發上，我問牠，牠在薩爾達走丟之後發生了什麼事？珍妮．梅波森人好嗎？有沒有跟其他人或狗交朋友？牠只是看著我，一副「我可以睡在你大腿上嗎」的樣子。

我說，好吧，小子，但別靠我的肚子太緊，因為我還是感覺怪怪的，而且我不該碰傷口的縫線，雖然很癢。所以卡爾．薩根把牠的前腳放在我腿上，把頭靠上去，不久就睡著了。我搔搔牠的耳朵後面，告訴牠：我很抱歉，以後我再也不會離開你了，我保證。我會把你訓練成導盲犬，這樣不論我到哪裡都可以跟你在一起，你下半輩子再也不會孤單了。

然後我也睡著了，我最近幾乎跟卡爾．薩根睡得一樣多。我醒過來的時候，外面還是風和日麗，但房子裡面又暗又安靜，卡爾．薩根已經沒睡在我腳上了。我說，卡爾．薩根？小子，你在哪裡？我沒聽到回答，但我聽到某個地方傳來隱隱約約的聲音，我從客廳往窗外看，看到史提芬和泰拉正在我們的車道上講話。

札德從另一間房間走過來，手上抱著卡爾・薩根，在我旁邊的沙發坐下來。我問札德，史提芬和泰拉在說什麼，為什麼兩個人都看起來很難過的樣子？札德往窗外看，說他們正在進行姍姍來遲的對話。

我問他，這是什麼意思？他們在外面很久了嗎？札德說，意思是他們在聊很久之前就該講的話。接著他告訴我史提芬跟他女朋友分手了。我們在ＬＡ最後一天的早上，在史提芬和泰拉吵架之前就跟她分手了。

我問，哇，為什麼？札德說他也問史提芬同一個問題，史提芬的回答是，因為遇到我和泰拉，因為我們去火箭節和拉斯維加斯的旅程讓他體會到那是一段很糟的關係，他不想繼續下去了。

我說，所以史提芬先和他女朋友分手，然後買了花要送給泰拉？

札德說，沒錯。我問，這算是史提芬的犧牲嗎？因為泰拉說真愛是一種犧牲，但是是好的那種犧牲，放棄某種東西，以便得到更大的東西。所以史提芬放棄他的女朋友，因為他愛泰拉？

札德看看我又看看窗外，然後說，現在正是史提芬的犧牲，史提芬告訴泰拉他對她的真實感覺，但同時也知道她或許沒有同樣的感覺。

我也看向窗外說，他在告訴她實話。札德說，她也在告訴他實話。我不知道他們對彼此說了什麼，因為我不會讀脣語，但看起來他們都很努力想表現出勇敢的樣子。

我想要幫你們錄下來，我終於可以錄下戀愛中的男人了！但札德說我應該待在屋裡。我問他，為什麼？札德，為什麼我要這麼做呢？我知道羅尼要我待在家裡，如果有人敲門或打電話來就假裝不在，但沒有人告訴我為什麼。我一直在找戀愛中的男人，現在他就站在車道上，這是個好機會，但連你也不要我出去！

札德說，你已經擁有了。

我說沒有，我沒有戀愛中男人的錄音，我之前有錄到史提芬跟他女朋友講電話，但那不是真正的戀愛！札德說，你已經錄到了，只是跟你想像的不一樣，甚至比那更好。我說，這一點道理都沒有，札德！你有沒有在聽我說的話？接下來札德變得很安靜，我看到窗外史提芬和泰拉互相擁抱，但他們看起來還是很難過。我猜應該沒有成功吧。

史提芬走到街上，泰拉回到房裡，她在哭，她進到我房間關上門，甚至連札德看起來也有點難過。我說，看到你難過讓我也很難過，但他只是抱抱我。我問札德，你覺得宇宙中有不會難過的高等智慧生物嗎？他說他不知道，當他回答的時候，我可以感覺他的聲音在胸腔裡震動。

接著我開始好奇……不知道你們會難過嗎？

或許你們已經發明擺脫難過的方法，除了難過之外，你們有別種情緒。

或許你們的難過就是我們的快樂，你們難過的時候會大笑或微笑，讓你們覺得比較好過一點，就像鯨魚的叫聲很像在哭，但實際上牠們的聲音一直都是這樣，甚至在玩的時候也一樣。

或許你們一直都很難過，你們有三個心臟和一個肺，難過讓你們的心跳繼續跳動、肺部繼續呼吸，那是讓你們活著的原因。

我告訴札德這些想法，接著札德開始哭，我也開始哭，但感覺不只是難過，也像是其他東西。接著我又睡著了，當醒來時，發現我躺在自己的床上。

錄音檔43
8分46秒

大家今天都好怪，沒有人願意跟我講任何事！

今天早上我問羅尼，我今天可以去看媽媽嗎？他說不行，我問，為什麼不行？你昨天不就去看她了嗎？為什麼我今天不能去看她？我告訴他，泰拉說我很快就能見到媽媽了，現在已經到了那個「很快」的時候，如果再等更久，就不是很快了。羅尼說他不想討論這個，我說，如果不討論，那要怎麼幫她的精神分裂症好起來？接著泰拉說，我們應該讓羅尼繼續做他的事。

我告訴泰拉，我知道醫生正在幫我媽，她也在吃藥，但我也想幫她啊。我說，我很確定有些關於媽的事，就連醫生也不知道，因為沒有人告訴他們。泰拉說她很抱歉，大家都盡力了。我說，顯然這麼做還不夠！羅尼要我安靜，他得集中注意力。

不只羅尼和泰拉，其他人也不告訴我任何事，大家心情都不太好，甚至天氣也不太好，外面烏雲密布，每次史提芬和泰拉說話的時候，只會講幾個字，接著其中一個或兩個人會皺眉頭，讓我很不想待在他們旁邊。

我猜札德也跟我有一樣的感覺，因為他問我，可以跟我借電腦嗎？他想要寫下昨晚的一些想法，接著就跑到我房間坐在電腦前好幾小時，甚至連晚餐都沒吃。我幫大家點了披薩，也幫自己點了香蕉奶昔，因為我還是只能吃半液狀的食物。食物送來的時候，我去找札德。我說，嘿，札德，你也發了不能吃東西的誓嗎？但他正忙著打字，沒有聽見。

我們不能在餐廳吃，因為餐桌上依然鋪滿了紙、羅尼的電腦，還有其他東西，他整天都坐在那裡，搜尋科羅拉多州的網站，用手機聯絡事情。所以我們只好把披薩拿去廚房，所有人圍站在廚房的桌邊，但沒人動手。我說，我知道為什麼史提芬不吃，但為什麼其他人不吃呢？泰拉說，因為有太多問題了。我告訴她，有問題是一件好事，因為這樣妳就會得到答案，所以讓我們聽聽是哪些問題。她說這些問題沒有答案。

泰拉說其中一個是我媽媽待的醫院很花錢，我住急診室也很花錢，但我們的保險沒有負擔全部的費用。我說，那是個事實，不是個問題，她說問題是，我們要怎麼付這麼多錢？我告訴泰拉，我很抱歉花了這麼多錢，但我保證之後會到巴席爾先生的加油站加倍工作賺回來。然後羅尼說，我們不要討論這個了，我說，你從來不跟我討論任何事情！你從來不跟我討論爸的事，現在你也不想跟我討論媽的事！接著羅尼回到餐廳，史提芬和泰拉又一臉很難過的樣子，很長一陣子都沒有人再說話。札德還是繼續在我房間打字。

最後，泰拉說，我們來看《接觸未來》吧，她想把它看完，我覺得這個主意很棒，至少比大家皺眉頭、對別人生氣好得多。所以我們把披薩放進冰箱，開始放《接觸未來》。

我們看到阿諾威博士在會議室的那段，她已經獲得政府的許可，可以使用甚大天線陣，但她需要錢，接下來在會議室裡的人告訴她，他們會資助她。然後我們將電影暫停，因為我想上廁所，開刀後我第一次感覺腸子蠕動，聞起來像隻死貓，好臭！

我做完腸子蠕動運動回來，大家都站在餐桌旁邊，甚至包括札德。我聽見羅尼說，沒有用的，沒有人會理你。我說，沒有人會理誰？泰拉說，史提芬剛才想到一個要如何付醫療費用的好主意。

史提芬的主意是，我們應該要告訴火箭論壇上的所有人發生了什麼事，請他們捐錢幫忙。他不確定有沒有用，但大家都很愛艾力克，如果每個人都願意捐個十塊或二十塊美金，至少問題會比較容易一些。我說，噢，你的意思是說像拉贊助一樣，只是這次對象不是火箭而是我。史提芬說，完全正確。我問他，如果有人願意贊助我，那是不是表示我要在身上印上他們的商標。札德一聽笑了，泰拉說，如果我不想的話就不用。我說，哇，那我就放心了。

羅尼說，我們不需要任何人的幫忙，他會想辦法付所有的錢。泰拉說，只是試試看，不成功也沒任何損失啊！她覺得史提芬說得有道理，羅尼現在還有別的重要的事要處理，史提芬笑了一下，但馬上又皺起眉頭。我說，什麼事？妳是說媽媽的事嗎？羅尼說，他不覺得有用，但史提芬和札德都覺得這個主意很不錯，我也覺得這個主意很讚，所以羅尼說，好吧，但不要抱著太大的希望。我告訴他我同意，我們應該要抱著中等的希望。

史提芬說他現在馬上著手寫新的貼文。他用我的電腦打字，羅尼回到自己的電腦前，至於剩下的人則回去把《接觸未來》看完。電影結束後，泰拉說，很好看，看到主角是聰明的女科學家很振奮人心。札德說，他喜歡《接觸未來》的一點是它對宇宙的描述，科學也可以很深入心靈層面。他很喜歡的一個作家曾經說，大部分的宗教一開始都有科學的基礎，但只限於那時候最先進的科學。我說，嗯，這部片真的讓你思考很多。接著就在我們要開始看電影花絮的時候，史提芬走出來說他寫好要發表在論壇上的貼文了。

史提芬寫的貼文非常長，那是關於我、我的金iPod，以及我們在參加完火箭節之後發生的所有事情，但省略了吵架的部分，因為火箭論壇是個普遍級的論壇。史提芬問我，他可不可以照一張我跟泰拉和我的傷口的照片，向大家證明他不是亂掰的，因為有時候人們不相信網路上的文章。他說，如果我可以上傳一些我用金iPod錄的錄音也很好，但最好擷取在火箭節錄的部分，絕對別放在拉斯維加斯或之後錄到的部分，泰拉說這個主意也很不錯。

我們上傳完錄音後，史提芬弄了一個讓大家可以去捐錢的網頁，上面有一條百分比的線，顯示還剩多少才會達成目標。我和泰拉又再看了一次，確定沒有寫錯字，羅尼也再讀了一遍，叫史提芬拿掉關於梯子的部分，就寫我出了點意外就好。我問羅尼為什麼要拿掉？他說這是我們家的私事，我說跟媽有關係嗎？然後羅尼又不想討論了。

我告訴泰拉，我很高興我們在解決問題，但其他那些問題呢？我也有我自己的問題，例如，什麼時候才可以看到我媽？她醫院裡的電視都放什麼節目？為什麼羅尼不想讓我去看她？為什麼妳和羅尼不想跟我討論那些事情？為什麼你們不告訴我事實真相？泰拉聽完又皺眉了，但她還是不願意討論。

我不知道為什麼大家都這麼機車。我真希望自己已經十六歲了，這樣我就可以開車去看我媽，不用羅尼或泰拉帶我去。或許史提芬在ＬＡ時說得對——沒有人會告訴我事情的真相，因為我只是個小孩。

但這樣的話我該怎麼辦？

你們會怎麼辦？

沒有人要回答我的問題嗎？

錄音檔44
39秒

泰拉：艾力克，你看，我在錄音。

泰拉：你不想跟他們說什麼嗎？你不想跟他們說你旅行者4號的計畫嗎？

泰拉：告訴他們火箭論壇上的大家是如何幫了大忙。至少跟他們說，我們幾乎要達到三分之一的目標了！他們都是為了你耶，艾力克，難道不令人興奮嗎？

泰拉：艾力克，你不能就這樣什麼話都不說。

泰拉：我知道你想看你媽媽，我知道你很想她。只是她……還沒準備好。

泰拉：我們會帶你去見她，可是不是現在。她需要時間康復。

泰拉：艾力克……

錄音檔45
2分18秒

艾力克還是不願意講話。他把自己鎖在他媽媽的房間裡，已經在那裡將近一天了。今天早上我們在吃早餐的時候，他一直哭著問什麼時候可以見她，情況比之前還嚴重。他就是不願意放棄。漸漸的，他的問題變成了命令，像是：我現在就要看到她。

艾力克的媽媽已經不用人監控了，這是好轉的跡象。但羅尼說她的神智還是沒有完全恢復，我們怎麼可以讓艾力克看到她處於那種狀態？

我試著跟他講道理，但他只是把耳朵摀起來，不停大叫現在現在現在，他想要現在就看到她。他不再哭了，但這種情況更糟。我和札德他們試著讓他和卡爾．薩根玩，提到火箭的事，用各種方式勸他。我要他跟我解釋四維超正方體，但他也沒興趣。羅尼很堅持不要讓他出去外面，因為政府的兒童保護單位可能會介入。不能冒險讓他們看到艾力克，他們可能會把他帶走，安置到寄養家庭。但艾力克或許覺得自己被軟禁在家……

我又打給唐娜──打給我媽。我告訴她，羅尼和他們媽媽發生的事、兒童保護單位的麻煩，以及艾力克拒絕離開房間的情況。我把所有的事都告訴她，甚至包括在ＬＡ跟史提芬之間的事。我說，或許我一開始就沒和艾力克直說是個錯誤，我的意思是，艾力克很看重別人是否誠實，也很看重事情的真相。我知道艾力克有多愛他媽媽，我也很想讓他見她，我真的很想，我只是害怕……我的意思是有些事我們為了保護他而不讓他知道，羅尼和我都是這麼想。我們不想讓艾力克面對殘酷的真相。

總之，我不停說著這些事，唐娜全程都很安靜，接著我問她對這些事情有什麼看法，她想了一下子才答話。接著，她突然天外飛來一筆說，她很以我為榮。

我說，以我為榮？她說，嗯，她很以我為榮，因為我一路陪伴艾力克，並保護他的安全。我說，那麼為什麼我感覺自己一直讓他失望？

我還在思考唐娜的回答，然後她說，那是因為妳愛他。

那是因為……

錄音檔46
29分18秒

羅尼：你說什麼？

（車子經過）

艾力克：我現在在錄音，可以嗎？

羅尼：嗯，可以。

艾力克：嗨，各位。我們正在高速公路上準備回家。昨天晚上羅尼終於答應明天——也就是今天帶我去看媽媽，我們才剛看完她。我希望泰拉也一起來，但泰拉說我應該跟羅尼去，她之後有機會再去。

你們那裡有醫院嗎？你們治不同的病有不同的醫院嗎？我以為我媽在貝爾馬的醫院，

跟我從梯子上摔下來住的那間醫院一樣，但其實不太一樣。那是一間行為健康醫院。

我們到那裡的時候，櫃檯的女士叫我們在大廳稍等，等我媽準備好之後，技術員會來帶我們。我問她，技術員是什麼？是像有特殊技術的機器人嗎？所以是一個機器人要帶我們去看她嗎？她回答技術員的意思是在醫院工作，但並非醫生或護士身分的人。

我們等待的時候，羅尼接到潛在客戶的來電，走到外面講電話。我想看看行為健康醫院是什麼模樣，沿著其中一個走廊往裡面走，發現這裡看起來很像我們學校的走廊，但沒有置物櫃。我看到一些病人，他們穿著一般的衣服，而不是醫院裡的病人服，但我認得出他們是病人，因為他們都戴著塑膠手環，類似之前我在醫院裡戴的那種。我看到一間叫娛樂室的房間，裡面有一臺電視，裡面的病人正在看電視，還有另一間娛樂室有張圓桌，裡面的病人在畫著色本，像是我在幼稚園的活動，所以我想或許行為健康醫院裡的病人得從出生開始學習，學如何爬、如何走、如何講話，以及去上幼稚園等等，這樣他們才會記得怎麼當個正常人。

不只這樣，我還看到其他房間，有些房間有兩張床，牆上掛著畫或裝飾；有些房間有一張床，裡面沒裝飾，床上有很大的綁帶，就像在《科學怪人》裡一樣，接著一個手上拿著寫字板的人走過來問我是不是迷路了，我告訴他，我沒迷路，我只是到處看看，因為我哥哥在外面講電話，我們在等著探望我媽。我問他，你是技術員嗎？他說他是，還有我應該在大廳等，於是他把我帶回去，接著羅尼對我發火……

羅尼：我以為你走丟了！你不能沒告訴我就這樣亂跑。

艾力克：我知道，對不起，羅尼。我只是好奇……

羅尼：以後別這樣就好。

艾力克：好……

艾力克：嘿，羅尼，媽媽的房間是不是像《科學怪人》的房間？我猜他們在那裡用閃電幫助病人……

羅尼：他們不再用那種方式治療了。

艾力克：下次我們應該去她房間拜訪她，而不是約在咖啡廳，我們應該要帶一些東西給她，例如她的拖鞋和另外一個枕頭，因為我在房間裡看到的枕頭好低。我們也應該帶一些畫給她，讓她掛在牆上，這樣感覺比較像家。

羅尼：我們先暫時別……

艾力克：可是她可能很想念自己的東西！

羅尼：聽好，你也看到她今天的樣子，或許等她恢復原本的樣子再說。

艾力克：等她恢復原本的樣子是什麼意思？她現在不就是原本的樣子嗎？她只是有精神分裂的問題，或許我們把她的東西帶來可以讓她的病情好轉。

羅尼：事情不是這樣運作的。

艾力克：那是怎樣運作的，羅尼？

（車子經過）

艾力克：我和羅尼在講我們見到我媽的情形。我們在大廳等了一陣子之後，他們告訴我們可以去咖啡廳看我媽，我們進到咖啡廳，看見我媽跟另一個技術員走出來，那個技術員身材高大，非常高，我們說話的時候，他一直站在旁邊。羅尼問媽媽感覺如何？她睜大眼睛看著羅尼，然後也睜大眼睛看著我，我想握住她的手，把她亂糟糟的頭髮弄整齊，但她不想讓我碰她。所以我只是說，我愛妳，希望妳趕快好起來。

我媽很顯然在她的安靜期，但這次她頭腦裡的聲音告訴她不要說話，也有可能她頭腦裡的聲音正在說話，所以她沒辦法同時聽那個聲音又聽我們講話。

但接著她終於說話了，她說，我不會告訴你任何事的，你們不是我兒子。我覺得很奇怪，這還需要證據嗎？我們人就在這裡！我試著說服我媽真的是我，跟她說了一些只有我們兩個才知道的事。我說，記得我三年級那次，放學後的合唱團練後妳來接我，我的聲音很高，是裡面唯一唱第一部的男生。我們開車回家的時候，我很想上廁所，我一直忍一直忍，甚至轉過來跪在汽車的椅子上，因為那個姿勢比較忍得住，但就在我們到家之前，我還是尿在褲子上。我哭了，但妳幫我清理乾淨，還親我說，這沒有什麼好不好意思的，成人有時候也會忍不住。尿尿在我們身體裡的時候，我們不覺得它很噁心，但只要尿出來就覺得噁心，不覺得很妙嗎？

我以為我媽聽了之後一定可以認出我。但我媽媽說，你不是艾力克，你是個外星人，偷走我的記憶，然後利用這些記憶來騙我。我告訴她我不是，或者至少我不認為自己是外星人，而且外星人不太可能會偷走我們的記憶，因為除了地球以外，我們還沒發現在其他地方的高等智慧……

羅尼：艾力克，你要知道，不管我們說什麼，她都不會相信我們。至少在她那種狀態的時候不可能。

艾力克：但她的想法還滿有趣的。像她跟技術員說我們只是假裝成她的兒子，我們其實是外星人用樹做成的假人。我這輩子從來沒聽過這種說法！雖然我的偶像確實說過，所有生物都是由星空中的微粒所構成的，所以從某方面來說我們是樹，樹也是我們，雖然我們可能不是……

羅尼：艾力克，媽說的一點道理都沒有。

艾力克：她說得也沒錯啊。

羅尼：我不是說……我的意思是，雖然這些想法對你來說很有趣，但她這樣想不太正常。你也看得出來吧？她不是她自己，你記得她以前會去瘋狂購物嗎？我放學回家看到購物袋裡面有好幾臺咖啡機、珠寶，還有LV的袋子。那次你正在玩Xbox……

艾力克：我喜歡Xbox。

羅尼：我知道你喜歡，很抱歉你不能留著它。但我要說的是，她現在這種狀態，比那時候還要糟十倍。

艾力克：或許他們給她的藥沒有用。

羅尼：你有聽到海維醫生說的話吧？他們還在試不同的治療方法，想找出對她最好的藥物組合。要花點時間。

艾力克：但為什麼不能在家呢？

羅尼：你的意思是？

艾力克：你說他們要花時間才能找出最好的藥物組合，那為什麼她不能在家等他們？她不能在家吃藥嗎？

羅尼：她需要待在某個有人能看著她的地方，某個有人二十四小時照顧她的地方。

艾力克：我可以啊，我可以看著她，然後二十四小時照顧她。我可以喝很多史提芬的LOX飲料，保持清醒，這樣我就可以照顧她了。

羅尼：我很抱歉，艾力克，但你沒辦法，這是不可能的。

艾力克：總是有機會啊！而且，醫院餐廳裡面甚至沒有她喜歡的食物！

羅尼：你有想過嗎？如果她這副模樣持續好幾個月呢？你要上學。

艾力克：我可以在家自學。小班告訴我布麗安娜・費雪的爸媽在她讀完八年級之後要在家裡教她……

羅尼：這比那個還要複雜。還有一些法律上的……

艾力克：為什麼你和泰拉一直說什麼複不複雜？我了解複雜的東西，我自己就搞懂了怎麼組裝了火箭，還去了新墨西哥，所以我也可以想辦法解決這些事。你不認為我有能力了解嗎？

羅尼：聽好，這不是我認為你能不能……

（輪胎煞車聲）

羅尼：他媽的……

（好幾聲喇叭聲）

羅尼：……打方向燈！

羅尼：有些人……

艾力克：我真希望爸爸還在這裡。

羅尼：不，你不會希望的。

艾力克：他會讓媽好一點。

羅尼：你對爸根本一無所知。

艾力克：我知道一些啊。我知道他是個土木工程師，然後他還……

羅尼：你不知道整個過程。

艾力克：那是因為你從來就不告訴我啊！為什麼你從來就不想說關於爸爸的事？媽媽說他其實是個好人，他很愛我們……

羅尼：媽只是想要保護你。還有媽，她提到爸的時候有她的盲點。

艾力克：是因為她的精神分裂……

羅尼：她沒辦法認清他的真面目。

艾力克：他的真面目？

艾力克：羅尼？

艾力克：他的真面目是怎樣？泰拉說他丟棒球很用力，還有他的鬍子搔得她下巴很癢。

羅尼：泰拉跟他相處的時間比我和媽跟他相處的時間短。她沒看到我看到的他。泰拉只看到表面而已，骨子裡他是個很自私又暴力的人。

艾力克：他會像小班爸爸打小班媽媽那樣，用曲棍球打媽媽嗎？

羅尼：什麼？不會，小班的爸爸——你說什麼？

艾力克：那就是他們離婚的原因。

羅尼：我不知道他們離婚了。

艾力克：所以我們的爸爸……

羅尼：爸從來沒打過媽，至少我沒看過。

羅尼：他也沒打過我，但有一次他差點就動手了——那時媽媽懷了你，我逃家了三天……呃，比較像是躲在賈斯汀．曼多薩家的地下室三天。賈斯汀會偷偷帶早餐和晚餐給我吃，但有天早上他去上學，他媽媽下樓洗衣服時發現我。

艾力克：但……為什麼你要逃家？

羅尼：我不記得確切原因了，可能是某個很白痴的原因，我只是再也無法忍受和他們兩個待在同一棟房子裡。爸氣炸了，他們還報警說我走失了。他對我大吼大叫，把皮帶解下來，媽媽擋在我前面，他一直叫她閃開，我則是表現出「你要打就給你打啊，我會報警，永遠不會再回來」的態度。但他最後只是把我鎖在房間裡，我也樂得輕鬆，因為這樣就不用看他的臉。

羅尼：你知道，雖然他從來不打我們，但並不代表他在其他方面不暴力。媽媽承受了最糟糕的部分，每次他們吵架，他就會告訴她全都是她的錯，她不再像以前一樣苗條漂亮……

艾力克：可是……

羅尼：媽好幾次把他趕出去，但他總有辦法說服媽讓他回來。她威脅要離開他，但他會道歉，說再也不會這麼做。就像你在電視上看到的那樣。你會認為經過這麼多次你已經認清情況有多糟，但不，剛好相反，那只會讓你不斷扮演重複的角色。他是個霸凌者，艾力克，爸是個很糟糕的霸凌者。

艾力克：但……他們在媽的銀行認識對方，他邀請她吃晚餐，他們還去薩姆山頂第一次接吻，看星星，墜入愛……

羅尼：他們是在酒吧認識的。

艾力克：什麼？

羅尼：媽媽在銀行上班是很久之後的事了，而且他們從來沒有一起上薩姆山。我記得有一次她帶我坐纜車到山上，告訴我那是她第一次到那裡。爸媽是在酒吧認識的。

艾力克：這不是事實……

羅尼：事實就是這樣。我很抱歉那沒發生在薩姆山上，艾力克，但事實就是這樣。

艾力克：可是……

羅尼：你看吧，這就是我的意思。媽媽對他總是存有浪漫的幻想。她會編故事，因為她不想承認那些很糟的部分。我應該早就要認清她其實根本不想離開他。她沒辦法面對離婚後的一切，他也知道，所以他就利用……

羅尼：你在哭嗎？

艾力克：我沒……有。

（抽泣聲）

羅尼：聽著，我很抱歉你得用這種方式知道這些……

羅尼：但如果你想知道事實真相，艾力克，事實是爸對媽不忠。他是個騙子，霸凌者和騙子。你沒有辦法……

艾力克：我很慶幸她沒跟他離婚……

羅尼：你很慶幸……

艾力克：如果他們離婚，就不會有我了。

羅尼：……

（抽泣聲）

艾力克：這就是為什麼我們會跟泰拉有關係嗎？

羅尼：爸的工作要到很多地方出差，我不知道媽有沒有告訴過你，但他經常要到外地巡視工地。他可能只是在某趟去拉斯維加斯的行程中遇到泰拉的媽媽……

艾力克：然後呢？

羅尼：他就把她肚子搞大了。我和泰拉弄清楚為什麼他的名字會在結婚登記的資料上了。她媽媽說他們真的有去結婚，但馬上就被廢止了。

艾力克：被廢止的意思……

羅尼：變成無效。因為他已經和媽結婚了，我搞不懂他那時候到底在想什麼……

艾力克：這表示我們會有更多同父異母的兄弟姊妹嗎？

羅尼：更多……天啊，我甚至不想去想這個……

羅尼：我記得他跟大家相處的樣子，大家都很愛他，派對上他總是會吸引一堆人圍著他。從外表看起來，他是個完美的丈夫，完美的爸爸，我真的很氣。這些人根本就不知道他的真面目是什麼樣子。

羅尼：我記得有一次，他帶我去超市，那天外公外婆要從菲律賓飛來探望我們，媽媽臨時把牛奶或鳳梨或之類的東西用完了，所以他帶我去買。我那時大概跟你現在一樣大吧——十歲或十一歲，或許再小一點。我到放穀片的那個走道拿全麥穀片，等回到推車的時候，他正在跟某個女生講話。那女生很年輕，大概是個大學生，留著一頭挑染的金髮，他講什麼她都笑著回應。我還記得爸和那個女孩講話的方式，心底深處知道有什麼不太對勁，他講話的語氣和他有時跟媽講話的語氣一樣——當他們心情都很好的時候，一切都很順利的時候。那個女孩看到我，想跟我打招呼，但我不知道怎麼回應。她聞起來像是擦了某種草莓香水，直到今天我都無法忍受那味道，接著她笑著把電話號碼寫下來，爸把寫了電話的紙條放進皮夾，她走了以後，爸臉上露出愚蠢的笑容，一副「你看看，我們交了個新朋友」的臉。他說這個新朋友是我們之間的小祕密，接著在回家的路上他買了冰淇淋給我。

（方向燈的聲音）

（輪胎摩擦過石子路）

艾力克：為什麼我們要停下來？

羅尼：我得停下來。

（引擎熄火）

（車子經過）

羅尼：你想知道最糟的部分嗎？

羅尼：媽那個晚上跟外公、外婆在一起心情好得不得了。在晚餐的時候大家聊天談笑，吃得很盡興，是我們有史以來最快樂的家庭聚餐之一，然後就在晚餐進行到一半的時候，爸看向我，對我眨了一下眼睛。

羅尼：他只在乎他自己，艾力克。我那個時候就知道了。或許不是有意識的，但我就是知道。我只想要——我不知道，做些什麼，把他做的事公諸於世。

羅尼：我真不敢相信……

艾力克：相信什麼？

羅尼：我居然沒跟別人講過這件事。

艾力克：甚至連蘿倫都沒說嗎？

羅尼：甚至連蘿倫都沒說。

艾力克：可是她是你女朋友，你應該要把所有的事都告訴她。

羅尼：我不需要讓她知道這些。

艾力克：這是為什麼你從來不在感恩節或聖誕節帶她回家的原因嗎？

羅尼：不是，是因為……

艾力克：或者是你不想要讓她知道我的存在。

羅尼：嘿，聽好，我當然希望讓她見你，我總是跟她提到你。

艾力克：真的嗎？

羅尼：我跟你打賭，我告訴她你很聰明又有想像力，你有多麼熱愛科學和天文，你還會幫自己和媽煮飯。

羅尼：有一天你會見到她的。

羅尼：只是——我有時候真的很恨他。因為他對媽做的那些事，他帶給她的痛苦，也害我恨媽在他做了這麼多事之後不離開他。我心想，妳怎麼可以讓他繼續這樣下去！妳怎麼可以跟他在一起！

羅尼：我希望他死了算了，我在吹我的生日蛋糕蠟燭的時候這樣許願。我想如果他死了，我們的人生就可以繼續。只要他一走了之，我們就自由了，可以過正常的生活。

羅尼：但當我接到工地領班打來的電話，說發生了意外……

羅尼：我沒想到會有那種感覺，泰拉打給我，告訴我你在醫院的時候我也有同樣感覺——背脊發涼。我要說的是，實際上我很同情他。我無法相信自己居然這麼想，在發生了那麼多事之後，我很怕自己還……

艾力克：你還愛著他。

羅尼：我還愛著他……

羅尼：你知道嗎？我得告訴媽這個消息，媽大受打擊。雖然沒有現在這麼糟，但依然大受打擊。她一直反覆說自己是多麼需要他來保護，保護她不受壞人的攻擊。她很歇斯底里，我以為她只是太震驚了，我不知道這個可能就是……

艾力克：這可能就是精神分裂症？

羅尼：這可能就是精神分裂症。

羅尼：過了一段時間她比較好一點，但在那之後她就變了。她把他的骨灰放在房間，我告訴她把它拿走，把他的照片撤下來，因為這樣做只會更折磨自己，但她不聽。我們會為了這個吵架，就像是她不想讓自己好起來。

羅尼：然後有一晚她唸故事給你聽，在你床上睡著了，我那時還沒睡，心裡突然有個主意，我進到她房間拿走他的骨灰。我把骨灰夾在腋下——我很驚訝居然還滿重的——牽了腳踏車往山下騎，直到來到一個工地，現在那裡是一片住宅區，就在米爾路旁邊，那時那裡只是一片荒地。我到荒地中央把所有的骨灰倒在地上，我踢了又踢，直到它們全部消失為止。

羅尼：隔天我一直在等媽提起，但她什麼都沒說。她一次都沒提到骨灰消失的事，我從來沒問她為什麼……

羅尼：聽著，我知道他的死是個意外，但感覺很像他故意的，你知道這種感覺嗎？像是他故意離開我們，他讓我們依賴他，讓媽依賴他，然後他就走了。

艾力克：但你也走了啊，羅尼。你去了加州。

羅尼：我……

艾力克：小班的爸爸也離開他和他媽媽跟妹妹。我也離開卡爾．薩根，雖然我不是故意的，現在我們也要離開媽媽，讓她待在行為健康醫院。

羅尼：我們沒有——那不一樣。那只是暫時的。

羅尼：或許……或許小班的爸爸離開是因為他知道如果他留下來，他又會再傷害小班和他媽媽。或許那就是原因，或許他沒辦法信任自己。

艾力克：他做出某種犧牲嗎？

羅尼：沒錯，他得做出對家人最好的決定，雖然這意味無法再看到他們，雖然這讓他很傷心，因為他沒辦法跟他們在一起。他得為自己的行為負起責任——真正的責任，這就是成為大人要付出的代價。

艾力克：所以，當我們真的很愛某個人，我們得犧牲和他們在一起的時間？

羅尼：不一定，通常不是這樣，但有時候……有時候這是唯一的方法。有時候如果我們真的很愛某個人，我們得離開，因為對他們來說離開比留下來好。

艾力克：這就跟為什麼我們要去火星的道理一樣。

羅尼：什麼？

艾力克：地球因為我們做的事正在走向滅亡，對吧？人類不斷破壞地球，森林消失了，海平面上升，動物絕種，所以或許這就是為什麼我們要殖民火星，我們得離開地球，這樣地球才能變好。

羅尼：這……

羅尼：聽好，對不起我離開了。不是因為我不愛你或媽——我真的很愛你們。只是這是唯一的方式讓我們……我的意思是，我沒辦法待在這裡，待在岩景鎮。我不能讓這裡的一切把我打敗，你懂嗎？我得展開自己的生活。我知道我沒有很常回來看你們，當你需要我的時候我也不在，我不是你最好的榜樣，但我——我只是試著要當個好人，我只是試著要做對的事……

羅尼：你又在哭了嗎？

羅尼：你為什麼哭？

艾力克：因為你在哭。

羅尼：……

艾力克：羅尼？

羅尼：怎麼了？

艾力克：我從來沒看過你哭。

羅尼：……

羅尼：艾力克……聽著，我和泰拉試著要保護你，讓你不必承受這些……但我想讓你知道發生了什麼事。某個公共服務部的人在調查我們家，這就是為什麼我叫你要待在屋子裡，我試著要保護……

艾力克：我知道。

羅尼：你知道？

艾力克：我有聽泰拉的錄音。

羅尼：為什麼你什麼都沒說？

艾力克：我在等你告訴我。我不再是個小孩了，羅尼，我也不再是小學生，現在的我已經不再是以前和你睡在同一間房間裡的我了，我知道真相會讓人不舒服，但如果我一直都很快樂，那樣就不是真正的勇敢了！

羅尼：……

艾力克：呃……為什麼你要用那種表情看著我？

羅尼：因為我已經好久沒有好好看看你了。

艾力克：……

羅尼：我曉得你很想知道所有事情的真相，艾力克，我真的懂。只是你得了解有時候這對某些人來說——對我來說很難，因為你是我的小弟，你也還是我的小弟，我有責任要保護你不要受傷，我最近都沒有做到這點。

艾力克：可是羅尼，我有能力處理啊，我可以照顧好自己。

羅尼：我現在知道了，你是個很有韌性的小孩，我只是需要你對我多一點耐心，我之後不會再瞞著你了，好嗎？

艾力克：好。

羅尼：好小子。

艾力克：所以我們現在要怎麼辦？你要搬回家嗎？

羅尼：我們之後再談，但我們得先應付公共服務部的人，那比較緊急。

（引擎發動）

艾力克：但那個……

羅尼：我們回家再討論吧，我希望泰拉和札德他們也一起聽。

艾力克：我們這次真的會一起討論嗎？

羅尼：嗯。

艾力克：所有的事？

羅尼：對。

（輪胎摩擦過石子路）

（引擎加速）

錄音檔47
4分32秒

各位，有個大大大新聞要告訴你們！西威航太史考特捐了五十塊美金幫我付醫療費用，西威航太愛爾莎也捐了，而且他們還把論壇上的訊息傳給其他同事，所以他們捐了很多錢，而且藍登·西威還傳了一個訊息給我！藍登·西威本人！

他說卡爾·薩根博士也是他一直以來的英雄，當他還是孩子的時候有機會見到薩根博士，和他握手。藍登說他辦公室裡面有一片和金唱片一模一樣的複製版本，他在論壇看到關於我金iPod的事情，也聽了一些我的錄音檔，他說不知道有沒有這個榮幸邀請我和我的家人當他的特別來賓，一起到卡納維拉爾角看火星衛星發射，我會想去嗎？

我馬上回了藍登的訊息，我告訴他，你在開玩笑吧！我們當然想去發射現場！藍登回說，那真是太好了，他等不及想見我，他的助理會幫我們訂到佛羅里達的機票，並安排好所有的事。

我希望所有人能一起去強尼火箭慶祝，因為克萊門斯醫生說在我順利排便後，就可以吃固體食物了。羅尼說，我們會去慶祝但不是今天，不是現在，我們要討論關於公共服務部的人對我們家的計畫，社工後天要來拜訪我們家。我說，社工是在做什麼的，是專門負責像推特這類社群網站的人嗎？羅尼說，不是，只是一個幫州政府工作的人。札德說，他們的工作是幫助需要幫助的人。我說，噢，這樣來說我也是一個社工，羅尼說，我們不要岔題。

他說他想到的唯一解決方法就是我搬去加州和他一起住，他會找間更大的公寓，之後等媽媽出院也一起搬過去，然後把我們在岩景鎮的房子賣了。我說，但你現在住的地方怎麼辦？羅尼說那不是他的，他經紀人的資歷還很淺買不起，他是用租的，而且那只是一間在別人房子後面的單人房，甚至連廚房也沒有。然後我說，但我的學校、小班，還有我在巴席爾先生那裡的工作怎麼辦？誰要當行星學會在岩景鎮的分會長？為什麼你不能從ＬＡ搬回來住在家裡？接著我又開始啜泣。

泰拉握著我的手，她說她知道這不容易，但羅尼的工作在ＬＡ，他已經做了很多犧牲，現在換我也做出一點犧牲了。她說我還是可以用電腦和小班聊天，或許他可以代替你當分會長，而且加州也有加油站。羅尼說他已經和札德他們談過了，他們願意在羅尼出差時幫忙照顧我，我看了看札德他們，史提芬點了點頭，札德說沒有錯。羅尼說，泰拉也住在車程只有幾小時的拉斯維加斯，我問他，你有空氣床嗎？他說他沒有。我說，你可以去買一個，因為如果你有空氣床，這樣泰拉也可以跟我們住在一起。羅尼和泰拉看了看對方，接著羅尼說這個之後再討論，現在先解決接下來幾天的事。

我問羅尼，我們討論的這些跟社工有什麼關係，他說如果我們突然離開這州，可能會讓社工扣一些分數，而我們不希望讓他們覺得我需要被送到寄養家庭。我問他，那我們要怎樣才能把分數加回來？他說這就是為什麼這個會議這麼重要，因為如果讓社工看到我在一個很安全的環境中，他們可能就不會插手干涉，我們就可以照自己的意思安排。羅尼說，在社工來之前我們得把屋子裡的所有東西都弄整齊。我說，這是什麼意思？我已經把房子弄得滿整齊的了。羅尼說，對，但沒有修剪的草皮、媽房間裡老舊的折價券要怎麼說？還有灰塵、狗狗的潮溼氣味、客廳地毯上的汙漬——那是在我發現卡爾．薩根消化問題之前留下來的。我說touché（有道理）。羅尼說，反正如果我們要賣房子的話也得處理這些問題，所以最好現在就開始動手。我們今晚就安安靜靜的在家吃晚餐，盡可能清理，明天一早清理剩下的部分，這就是我們現在該做的事。

我現在得去清理了，各位。不久之後我會再錄更多給你們聽。

錄音檔48
5分37秒

超、級、累、的。

但這跟我出意外之後的那種全身無力不太一樣。意外後，我的全身都很痠痛，只想趕快去睡覺；但現在除了我的身體很累，我的頭腦也很累，就很像我一邊跑了一英哩，一邊還要解決一個很難的謎題一樣。

大家都很累，但依然繼續清理，札德他們也一起幫忙。羅尼到賈斯汀・曼多薩家借割草機，因為我們的壞了，他回來之後幫割草機加了油，接著啟動引擎，發出了轟隆隆的聲音，卡爾・薩根因為害怕那個聲音開始哭，但不久牠就習慣了。

羅尼推著割草機割了一陣子，然後他讓我試試，但那非常重。所以羅尼接回來繼續推，袋子很快就滿了，每次滿了的時候我就幫他把袋子裡的草倒到一個很大的紙袋裡。卡爾．薩根在我們割完草的草地上跑來跑去，牠躺在草地上，用背磨蹭著草皮，我告訴牠，如果繼續這樣，你就會變綠色的，你不想再洗一次澡吧？接著牠又哭了，因為聽到「洗澡」這兩個字。

之後我進到屋裡，泰拉已經吸完客廳的地，現在正試著清除地毯上汙漬。我幫她在髒的地方噴了清潔劑，泰拉用刷子刷，但沒什麼用，就算我們刷掉汙漬，也會讓我們刷的地方比地毯上其他地方的顏色淺。泰拉說，或許我們應該用地毯專用清潔劑，而不是現在用的這個，我說，但它上面說多功能啊，清潔地毯應該是多功能裡的其中一個功能吧？接著我看了看標籤，發現沒有清潔地毯的功能。

史提芬說，我們應該用另一張地毯蓋住汙漬，泰拉說這個主意很不錯，所以札德和史提芬就去二手店買了一些不太髒也不太舊的地毯，而我和泰拉拿著垃圾袋，戴著從車庫裡找到的手套到我媽的房間裡，就像星球探險一樣，不過我們只戴著手套而不是穿了整套太空裝。我們把媽的過期折價券丟到袋子裡，也把一些在她衣櫥裡的其他垃圾，例如購物袋和空箱子和用過的面紙盒丟進去，房間裡堆了好多用過的面紙盒。我們整理完之後總共裝了十五袋垃圾袋，我說，天啊，一個人居然可以製造這麼多垃圾！

我們把垃圾袋拿到外面，那時候羅尼的草快割完了。他看起來有點好笑，因為他稍早之前把T恤脫下來塞在短褲後面，就像馬尾一樣。羅尼看到我們拿著垃圾袋，他說不要把這些放在車道上，先暫時放在車庫裡，之後再拿去垃圾場。羅尼用T恤擦掉臉上的汗，我問他要不要喝LOX？他說好啊，所以我給他一罐史提芬放在我們冰箱裡的LOX。我告訴他，記得提醒我之後跟他說如何贏得免費BMW的事。

札德他們從二手店帶了地毯回來，順帶買了芳香劑蓋過狗狗的味道，還有一些盆栽，那是札德的主意。我們把地毯攤開，泰拉吸了地毯，然後他們用地毯把便便痕跡都蓋起來，只有客廳的一個角落沒有蓋到，所以札德就把盆栽放在那裡。接著我們在屋子各處噴了芳香劑，芳香劑的功能應該是要除掉臭味，它的確也掩蓋了所有的臭味，但現在所有東西都有芳香劑的味道。

羅尼進來之後說，幹得好，我說，我很確定社工一定會對現在又乾淨又充滿芳香劑的房子留下很好的印象。他說，別告訴她我們才剛大掃除過，要假裝一直都像這樣，我說，希望我不用假裝，希望我們每個周末都清掃，因為草之後又會長長，房子又會變髒、發出味道、充滿垃圾，然後我們又得重新再大掃除了。接著羅尼又出去了，他還有很多地方要清。

吃完午餐之後，泰拉要我休息一下，我剛開完刀，不應該太勉強自己。所以我和卡爾．薩根在沙發上休息，其他人又繼續打掃。札德他們刷了廁所的浴缸和瓷磚，泰拉在廚房裡又掃又拖，讓地板變得沒那麼黏，我看著他們，也看著在外面的羅尼，心想如果我爸還活著的話，我應該是看著他在除草和清掃水溝裡的葉子；如果我媽不在行為健康醫院的話，我應該是看著她用掃把掃掉天花板的蜘蛛網。

接著我開始想，爸爸這個角色代表什麼意義？我的意思是，如果你在討論生理上的爸爸，那我是有一個爸爸，但如果是非生理上的呢？如果爸爸的意義是某個能保護你脫離危險，某個能幫你割草、清掃房子的人，那我已經有羅尼和泰拉了；如果爸爸的意思是某個能讓你崇拜、跟隨他腳步的人，那我有我的偶像卡爾．薩根博士了；如果爸爸的意思是某個陪著你大笑、一起開車到不同地方的人，那札德他們也已經做到了。所以那有什麼區別？為什麼我愈思考「爸爸」這個詞的意義，我就愈不知道它的意思？這就跟愛、真理和勇敢那些字的情況一樣，我愈思考它們的意義，唸愈多次，我就愈不知道它們代表著什麼。愛、真理、勇敢。勇敢、真理、愛。就像是，我知道那些東西就在那邊，我知道它們存在，但我愈想愈覺得它們像是很多東西的組合，或者它們其實代表的是同一個東西，但……是什麼呢？

你們知道嗎？

你們有可以用來形容這個東西的語詞嗎？

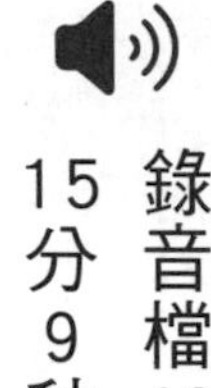

錄音檔49
15分9秒

社工剛走。但一下發生太多事情，我覺得我的頭腦快爆炸了。雖然不是真的要爆炸，這只是個比喻。我的意思是我有點不知所措。我想告訴你們發生了什麼事，但我不想漏掉任何細節，所以我要從頭開始講。

羅尼昨天說，社工來的時候札德他們最好別在這裡，這樣她就不會感覺有奇怪的男人在家裡晃來晃去。我說就算他們有一點點奇怪，他們還是我的朋友啊。札德笑了，但他同意羅尼的話。我告訴札德，如果他需要寫下更多想法，他和史提芬可以去公共圖書館，那裡也有電腦。他說這個主意很棒。

所以今天早上就只有我、羅尼和泰拉為社工來拜訪我們家做準備。我們從櫃子裡拿出一個很大的水罐，清洗後裝滿冰水，然後把水罐和玻璃杯放在咖啡桌上。羅尼說當社工到的時候就安排她坐休閒椅，我們三個坐在沙發上，這樣可以顯示我們很團結。我說這主意很棒，因為這樣社工也會覺得很舒服。羅尼要我坐著就好，讓他發言，如果社工問我問題，別回答，除非他給我暗號。

羅尼開始跟我練習他跟社工的對話，但接著我們家的電話響了，羅尼接起來說，哈囉？接著他說，你怎麼知道這號碼？我們沒有要接受任何採訪，然後就掛了。我問羅尼那是誰？他說是一個記者，接著去拿筆電。泰拉問，他們要做什麼？羅尼說，藍登．西威在一個訪問中提到我和我的金 iPod。羅尼在筆電上找到那則訪問，接著我登入信箱，發現自己收到一堆新郵件，有的是那些想要訪問我的記者寄來的！

我說，這太酷的！我要成名了！羅尼說的確很酷，但現在這個情況下，我們不能跟任何記者說話。我問他為什麼不能，這不就是他幫客戶做的事嗎？有什麼差別？他說有差別，因為我是他弟弟。這時電話又響了，羅尼把電話線拔了，接著有人敲門，羅尼說一定是社工，但不是社工，而是第五頻道動新聞的記者！

新聞記者問羅尼，艾力克．派特斯基住這裡嗎？他告訴女記者，我們不接受任何採訪。女記者說，她只是想問我幾個問題，接著她看到我站在羅尼身後，我向她招了招手，但羅尼把門關上。她又敲了敲門，但羅尼沒開門，我從窗戶看出去，看到第五頻道動新聞的採訪車停在對街，車上有一個很高的衛星塔，上面纏繞著紅色的訊號線，一路繞到靠近車子的地方，有些慢跑的人跑過，停下來看了車子一眼，一個推著嬰兒車的媽媽也停了下來，然後羅尼告訴我離窗戶遠一點，念念有詞說，真不敢相信。接著又有人敲門，羅尼走去叫記者離開，但這次是社工！

社工說她叫珍娜塔，她一隻手拿著黑色資料夾，羅尼握了她另一隻手，請她快進來，別介意外面的騷動。珍娜塔到我面前，伸出手說：嗨，你一定就是艾力克吧。我看了看羅尼，他點點頭，所以我握了握珍娜塔的手說，很高興認識妳。羅尼問她要喝點什麼嗎？咖啡還水？她說她早上才剛喝過咖啡，所以水就好。我說，我來倒！接著立刻摀住嘴，因為我忘了等羅尼的暗號。

我走到咖啡桌旁拿起水罐，水罐很重。珍娜塔和泰拉握了握手，泰拉說她是我同父異母的姊姊，我真想抱她，但我正拿著水罐，不想讓水溢出來。

珍娜塔在休閒椅上坐了下來，但她沒有調整椅背的高度，羅尼和泰拉在沙發上坐下來，中間留了空位給我，就像我們練習的那樣，所有事情都按照計畫走。我把玻璃杯遞給珍娜塔，她手指上有很多皺紋，塗著紅色裂紋的指甲油。她說，謝謝，你家真溫馨，我沒告訴她我們昨天才清理過。

珍娜塔喝了一口水，羅尼說，妳應該看得出來，這裡的環境很安全穩定，接著像我們之前練習過的那樣，說關於我的意外和我媽媽失蹤只是發生得很不湊巧，現在他在這裡，他保證不會讓我再惹上任何麻煩，所以把我從他手裡送走一點意義都沒有。但在他講完所有的事情之前，珍娜塔舉起沒拿水杯的那隻手說，別擔心，我不是來拆散你們的。

我心想，哇，那可真鬆了一口氣！我看著羅尼，他和泰拉互望了一眼，我看得出來他們跟我有同樣的想法，但我也看得出來他們在想別的事。接著羅尼又看向珍娜塔說，那很好，我猜沒有什麼要討論的了？

珍娜塔把水杯放下來，打開她的資料夾，從裡面拿出她的 iPad。她打開 iPad 上的某些檔案說，她很高興我們終於見面了，接著告訴我們她知道關於我們的所有事情。她說她知道我媽在幾年前就失業了，駕照也被吊銷。還有羅尼在大學畢業後就搬去ＬＡ當運動員經紀人，他之前才剛去過底特律一趟，而我自己一個人去新墨西哥州的火箭節，我有一隻狗叫卡爾・薩根，是以我的偶像來命名。她說有時候我會到我家屋頂上看我媽走去哪裡，而我發生意外正是因為我爬上屋頂，然後是泰拉帶我去醫院的。羅尼問，她怎麼知道這些？她說她和我的老師、心理諮商師、我們的鄰居、我媽媽的醫生，還有我的醫生聊過，她也找到羅尼在公司網站上的檔案，並和他公司的人談過，今天早上她也看到一篇關於藍登・西威和金iPod的文章。

接著羅尼再也不提我們練習的那些對話，他告訴珍娜塔我們幾天前討論過的問題，關於我要搬去ＬＡ和他一起住，還有我們也要把我媽接過去，然後賣掉房子，如果我們必須幫她在那邊找行為健康醫院，他就會成為我的法定監護人等等很多之前根本沒提到的事。羅尼說，他現在在這裡，不是嗎？這不是最重要的嗎？我看著泰拉，她也看著我。珍娜塔說，嗯，這很重要，我再重申一次，我不是來拆散你們家的。

珍娜塔說，羅尼有考慮未來是一件好事，她之所以在這裡就是要幫助我們計劃未來，她是站在我們這邊的，但如果我們離開這州，事情就會變得比較困難。她問羅尼，我們在科羅拉多州有沒有親戚或經常往來的朋友，艾力克可以住在他們那邊？羅尼說，我們沒有。泰拉問，艾力克跟親戚住在科羅拉多，和跟羅尼住在ＬＡ有什麼差別嗎？因為不管是哪個方案，我都不是住在原本的家。珍娜塔要我們要想想，如果我媽恢復，她出院之後的情況。

羅尼低頭看著水罐，我想媽媽應該會想去某個她熟悉的地方，某個她知道自己最喜歡的電視節目在哪個頻道的地方，某個她知道東西放在櫃子哪個位置的地方，某個她可以去散步，但有人可以確保她不會走太遠的地方，以及某個有我和羅尼在的地方。她的房間裡放著我們和我爸的照片，她或許會想回家，就像我想回家一樣。

珍娜塔問羅尼有沒有辦法在科羅拉多州繼續他的工作，羅尼還是沒說話，他拿起桌上的手機，但沒有要打電話或傳簡訊，就只是握著。接著珍娜塔還說了很多，但我沒有很專心聽，因為我看著羅尼。羅尼繼續盯著水罐，握著手機的手開始變白。

突然間變得很安靜，我注意到珍娜塔停止說話，她正在看著房間角落的盆栽，泰拉正在看著羅尼，羅尼看著水罐，我們幾乎像是在外太空，或者一個真空的空間裡，所有東西都安靜的漂浮著。陽光從客廳的窗戶照進來，灰塵在光線照射下漂浮閃爍。我心想，這一切真是有趣，前幾個星期之前，羅尼還在ＬＡ，我甚至還不知道我有泰拉，而現在我們三個卻坐在同一張沙發上。我們是同父異母的手足，我們的爸爸把我們聚在一起，甚至是他去世之後……我看看泰拉，又看看羅尼，我看到同樣的綠色眼睛，感覺很像爸爸跟我們在同一個房間裡。不是鬼魂在窺視我們，而是到處都感覺得到他的存在。他在羅尼和泰拉的眼睛裡，他在他們的臉、皮膚和頭髮裡，他也在我的臉、皮膚和頭髮裡，這些東西就像他的影子，這些是我們知道他存在的證據，知道他是真的，知道他曾經在客廳地毯上走來走去，並用同一個玻璃水杯喝水——那些也是影子，他坐過的痕跡甚至還留在珍娜塔那張休閒椅上！如果我現在依然可以看到他的影子，依然從泰拉和羅尼身上，以及網路上得知那些關於他的事，那麼，這是不是表示雖然他已經死了，他的某個部分還活著？似乎有某種四度空間，永遠不死、我們也無法真正看見的四維超正方體，會不會……會不會這些我試著想了解的東西，例如愛、勇敢、真理的意義，會這麼難理解的原因，是因為它們也是某種四維超正方體？會不會它們其實是同一個四維超正方體？會不會那些感受到愛、表現勇敢、說實話的時候，我們就是在四度空間中？在那些時間點，我們就跟宇宙一樣大，也充滿全宇宙，那些時候我們記得，真的記得，我們是由星塵組成、來自地球的人類，三歲爸爸過世、哥哥住在ＬＡ、媽媽有精神分裂症、不知道有泰拉存在、偶像喜歡穿套頭毛衣、和戴著防咬套而且消化系統很敏感的朋友一起去冒險……的人類！這些我們用來形容感覺的文字，例如愛、勇氣、真理，無法真的被完全形容出來，即使用聲音或音樂或圖像也無法完全形容，因為它們也是影子！文字也是影子！

我猜我把最後那部分大聲的說了出來，因為所有人都轉過頭來看著我，我發現自己站著，我猜是因為我想到漂浮這件事。既然我已經站起來，我開始幫羅尼倒水，雖然他叫我坐好。倒水的時候有些濺出來，甚至濺到咖啡桌上，但我還是繼續倒，我可以感覺所有人都在看著我，但我不想讓視線離開水罐，因為我不想再濺出更多水，水罐裡的水倒進玻璃杯後變輕了，也變得比較好倒，之後我把水罐放下，把杯子遞給羅尼。我曉得他不渴，但也知道他需要一點水。

羅尼看著我，又看著杯子，然後把手機放下，從我手中把杯子拿走。我幾乎忘記有多安靜，直到珍娜塔又開始講話為止。

珍娜塔說我真的很幸運。她說雖然發生了這些事，但我已經脫離險境了。我喜歡上學，也學會怎麼照顧自己，這是很好的現象，這真的很幸運，我的人生一定有很好的模範可以學習。接著她把資料夾闔上，用手抱著iPad，開始說起她看到的很多小孩可沒那麼幸運，就像昨天……接著珍娜塔停了下來，我注意到她眼睛周圍的皺紋，就跟媽的眼睛一樣，我想問昨天發生了什麼事，但感覺似乎不是個好問題。

接著我們都聽到從臥房裡傳來的哭號聲，珍娜塔問，就是牠嗎？我看看羅尼，他點點頭，我問珍娜塔，她想見見卡爾．薩根嗎？她說好，她很喜歡小狗。所以我打開臥室的門，卡爾．薩根跑出來聞聞珍娜塔的手，牠夾著尾巴，卻讓她拍拍牠，之後就跑到我的腿後。我說我知道卡爾．薩根現在是個膽小鬼，但如果我把牠訓練成守衛犬，這樣牠可不可以當我的法定監護人？大家聽完都笑了。珍娜塔說，很抱歉不行，我告訴她我知道，我只是在開玩笑。

珍娜塔說她要去另一個地方，但下星期會再過來，她把名片給羅尼，也給了我一張，她說謝謝你的水，並祝我金iPod的計劃順利。

珍娜塔走的時候，第五頻道動新聞的採訪車已經不在外面了。羅尼關上前門，我們四個就這樣站在那裡，安靜了很長一陣子。然後泰拉說我們不需要按照珍娜塔說的做，我們可以爭取一點時間，我還是可以跟羅尼去ＬＡ，或許我媽會比想像中好得快，就可以回家照顧我，這樣他的工作就不會被耽誤了。

羅尼看著我一會兒後說，不，珍娜塔說得對，就算我們的媽媽出院了，有他在旁邊還是比較好。我說，你說的是我心中想的那樣嗎？羅尼點點頭。泰拉接著說，那他的工作怎麼辦？羅尼說，他會想辦法和公司商量，或許可以在科羅拉多州做一點不需要那麼頻繁出差的事，或是找別的工作。

我們都站在那裡一陣子，看著彼此，然後泰拉的鼻子抽動，羅尼的臉皺了起來，我也聞到了，然後我們一起看著卡爾．薩根。我說，這真是太好了，然後就去拿芳香劑了。

錄音檔50
3分7秒

嗨，各位，對不起我好一陣子沒錄了，我最近很忙。我在醫院拆了縫線、拔了鋼釘，傷疤附近的肉還是粉紅色的，拔鋼釘的地方還有一個個小點，但克萊門斯醫生說我復原得很好，看樣子不會留下永久性的傷害。我說，那表示我可以得到一張健檢通過報告囉？她說，是的，接著我等她給我一張健檢通過報告，但她沒有。

我很忙。因為有更多文章報導了我的金iPod，藍登也在推特上寫了這件事，現在捐獻的頁面顯示目標達成率是百分之兩百八十一，而且還在繼續增加中！小班寫郵件跟我說他在CNN電視臺看到藍登推特的訊息，他覺得很酷，學校其他同學也寫了郵件給我，我完全不知道他們對太空或火箭有興趣，這是件好事，或許現在我可以邀他們加入行星學會。

我在火箭論壇上貼文，感謝大家的捐款，並上傳了一些我傷口復原的照片，肯．羅素說當我長大之後回想起來，這會是個很棒的故事。我說現在就已經是很棒的故事了。

很多在火箭論壇上的人問我，我要拿這些多出來的錢做什麼。我告訴羅尼，我們應該要用它來支付媽媽的醫療費用，史提芬說我們應該好好利用這個曝光機會，再多接受一些採訪，這樣我們就可以募到更多錢。但羅尼說不要，採訪結束，他不希望我們家的私事被公諸於世，還有，讓他來擔心媽的醫療費，我們募到的額外款項將拿來當作我念大學的基金。

今晚我們到強尼火箭去吃遲來的慶祝晚餐，就像羅尼答應過的一樣。離我們最近的店要開四十分鐘的車，我點了起司漢堡、薯條和蘋果冰淇淋派，真的很美味。之後我們等我媽媽的來電，現在他們讓她打電話了，但每天只有十分鐘，她跟羅尼講了四分鐘，跟我講了六分鐘。我問她，妳感覺怎麼樣？妳還認為我是外星人嗎？她說她好多了，她知道我是她的艾力克。我告訴她關於金 iPod、藍登邀請我們去參加火星發射典禮，以及他助理用電子郵件寄機票給我們的事，然後問她，她能來嗎？她說她很以我為榮，但她現在還不能離開。我問她，我們什麼時候可以再去看她？因為我還得拿一些房間裡的東西給她，她說她需要再多一點時間，因為她想要為了我變得更好。我告訴她，她沒有很好的時候我也愛她，她說她也愛我，還有行為健康醫院也有ＮＡＳＡ頻道，其中一個技術員會在衛星發射的時候把電視打開，這樣她就可以看了，接著她說她得掛了，因為十分鐘到了。

錄音檔51
2分43秒

我在飛機上了！我騎過腳踏車、滑過滑板、坐過摩托車、汽車、獨木舟和火車，現在我也搭過飛機了，所以我只剩下直升機、重型機車、單輪腳踏車、熱汽球、賽格威[1]、水上摩托車和沙灘車還沒坐過，當然還有太空梭和太空探測車，這樣我就搭乘過所有人類的交通工具——噢！還有雪地摩托車，我忘記雪地摩托車了。

泰拉讓我坐在屬於她的靠窗位置，我的座位在中間。我問泰拉，為什麼不能讓所有的位置都靠窗？她說她也不知道。飛機起飛的時候我看著窗外，汽車變得很小，就像螞蟻一樣，接著又像沙子一樣，最後甚至看不見了。我知道我們一定是在平流層——大氣層的那部分，不是拉斯維加斯的那棟建築。

史提芬和札德不能跟我們一起來，因為藍登的助理只幫我、羅尼、泰拉，還有卡爾·薩根訂了機票和旅館，不過卡爾·薩根不需要機票，因為牠是隻狗。當我們說再見的時候，札德給了我一疊很厚的影印紙。我問，這是什麼？他說這是他新書的第一部分——他一直在忙的就是這個。他說要把書獻給我，希望我看了之後告訴他想法。這本書的書名叫做《前往看不見星辰的旅程：在加速老化的年代重新發掘童年》。我告訴他，這個書名不錯，但或許他可以想到其他更短的。

他們走之前史提芬給我一個很大的擁抱，緊緊的擁抱，不像之前那種只用手臂的擁抱。我問，泰拉的事還會讓你很難過嗎？他說有時候，但他會沒事的，他說他也會讀札德的書，看完之後再跟我討論。他說，我們可以留著他放在冰箱裡的那些ＬＯＸ，接著給了我一臺他之前買來的手機。我說，你沒有要在eBay賣掉它嗎？史提芬說他想送給我，他甚至還在裡面放了一張預付卡，這樣我們就可以保持聯絡，如果我到ＬＡ，我們還可以一起去兜風。

1 賽格威（Segway），一種兩輪、用電力驅動的電動代步車。

飛機起飛之後我試著想看札德的書，但我沒辦法專心。我太興奮了。我又再次看向窗外，現在我們飛得更高了，甚至沒辦法辨別道路和建築物在哪裡，就像我的偶像曾經說過的，從某個高度來看，你甚至無法辨別我們自己的星球是否有高等智慧生物的存在。

所以如果你們來到地球，一定要記得看仔細一點。

錄音檔52
6分9秒

嗨，各位，這是我在金iPod上最後一個錄音了。但別擔心！我可以用史提芬給我的手機照相和錄影，這個計劃很完美，因為手機已經是金色的了。

飛機在佛羅里達降落後，我們去領了事先租的車子，然後把行李放在旅館裡，接著開到卡納維爾角。我們到的時候，西威航太史考特已經在等我們了，他穿著灰色的西威航太POLO衫，就跟在火箭節穿的一樣。史考特帶我們到發射的地點，近距離觀看被鎖鍊圍起來、載運火星衛星的雲端9號火箭，那真的好酷。他也帶我們到NASA的指揮中心，但那裡沒有像《接觸未來》裡面的大玻璃窗，只有直播發射基地現場的大螢幕，上面還有很多圖表。奈森應該會很愛那個螢幕，因為他可以在上面打一大堆很小的電腦程式。

藍登・西威還沒來，他要明天才會出現，但我遇到很多西威航太的人，他們聽說過我的事情，還問可不可以看我的金iPod。我也遇到一些從NASA來的科學家，還有茱蒂絲・布魯明頓博士……呃……

總之……我們看著他們測試火箭推進器，然後向史考特說明天見。我們在旅館附近的一家餐廳吃晚餐，羅尼告訴我，他在底特律的潛在客戶聽到關於我和金iPod的事，那個客戶也是西威航太的忠實粉絲，他甚至想在未來的某一天住到火星上。我告訴羅尼，這是個好消息，這代表他希望你當他的經紀人嗎？如果你帶著那個客戶和其他客戶離開，經營一間自己的運動經紀公司，就像湯姆・克魯斯在電影裡面演的那樣會怎樣？

羅尼笑了，他說很不幸的是，現實人生並不是這樣運作的。他說那個孩子的爸媽得為他們家做出最好的選擇，他也必須幫他們考慮，這就是為什麼他向他們推薦他的另一個同事。泰拉說那太糟了，羅尼說事實就是這樣。我吃完我的炸魚薯條後，泰拉提議我們去走走，在路上買冰淇淋，她說她有件事想跟我討論。所以我們付了錢，羅尼回房間打電話，而我和泰拉帶卡爾・薩根到海邊散步。

這是卡爾・薩根第一次近距離看海。牠一開始不斷對著海叫，可能因為這裡讓牠聯想到洗澡。但過了一會兒，牠就不在意了。天空開始變暗，有些人還在外面，但不像威尼斯海灘那麼多人，海水很溫暖，比天空的顏色還要深，我們三個站在比較淺的地方，讓浪打上我們的腳，一邊吃冰淇淋，一邊聆聽四周的寧靜。

然後我問泰拉，妳在想什麼？她說，很多事。我說，妳可以告訴我其中一些事嗎？她把我摟到身邊，把冰淇淋的包裝紙揉成一團放進口袋，我也把我的紙揉成一團塞進口袋。我告訴泰拉，羅尼說成人代表的意思就是要為自己的行為負責，我很高興我們兩個人現在都在負責。泰拉笑了，她說有時候它甚至代表著為不屬於你的事負責，然後又說但我現在還不需要擔心長大成人的事。她說我有一個好哥哥，我說我也有一個好泰拉，她說我儘管告訴別人她是我半個姊姊，她以身為我半個姊姊為榮。

我問泰拉，之後會發生什麼事？火箭發射之後會發生什麼事？我媽出院之後，她會搬來和我、羅尼，還有我媽住在岩景鎮嗎？泰拉說我很貼心，但她不能跟我們住在一起。我問，為什麼不？我告訴她，岩景鎮上也有餐廳，所以她可以做同樣的工作，我知道這裡沒有她的朋友，但我會當她的朋友，而且每天我放學回家、羅尼下班回家、她從餐廳回家之後我們可以一起煮晚餐、看《接觸未來》和星星，但不是從任何人的屋頂上看，我已經學乖了。

泰拉抱抱我，告訴我她很抱歉，她知道曾發誓過我們要永遠在一起，她一定會來看我，但我啟發了她，就像我有火箭和天文學，一定也有某件屬於她的東西在等著她，只是她還不知道，她想去把它找出來。但首先她想回家，陪陪她媽媽和霍華德。她問我，我知道為什麼嗎？我說我知道，因為人生是四維空間，泰拉又笑了。

我們把冰淇淋的包裝紙丟掉，走回旅館的時候，天已經全黑了，風有點熱但很舒服，我們回到房間時，羅尼又在用筆電了。我問他，你電話打得如何？他說很好，他和他大學的幾個教練聊過，等我們回科羅拉多之後，他要去見見他們的球員。接著羅尼起身泡咖啡，泰拉去洗澡，我和卡爾．薩根跑到陽臺上。

我試著從陽臺上尋找發射基地，但看不到，所以我用新手機看現場直播，把手機移到基地可能的方位。

螢幕上火箭被照亮，獨自高高的豎立在那裡，我想像某一天將會有另一艘更大的火箭，一艘我和很多朋友幫忙做出來的火箭，這個金iPod將會放在那上面。

它會發射到天空，離開我們的平流層，飛過月亮、火星、小行星帶、外行星和冥王星，穿越宇宙的深處，或許你們就可以找到它。

我在想如果你們發現它，會是什麼情況，不知道你們聽到這些錄音會有什麼感想，當你們聽到一個從地球來的男孩試著要表現勇敢、試著找出真相——一個很愛他的家人、朋友，以及很愛那隻用他的偶像命名的小狗的男孩。

因為我領悟到札德之前說：「你已經擁有了。」是什麼意思，我完全同意。

（錄音結束）

少年天下系列 041

嘿，外星人你在聽嗎？

作　　者｜程遠（Jack Cheng）
譯　　者｜沈奕伶

責任編輯｜李幼婷
封面設計｜霧室
內頁排版｜極翔企業有限公司
行銷企劃｜葉怡伶

發行人｜殷允芃
創辦人兼執行長｜何琦瑜
副總經理｜林彥傑
總監｜林欣靜
版權專員｜何晨瑋、黃微真

出版者｜親子天下股份有限公司
地址｜台北市 104 建國北路一段 96 號 4 樓
電話｜（02）2509-2800　傳真｜（02）2509-2462
網址｜www.parenting.com.tw
讀者服務專線｜（02）2662-0332　週一～週五：09:00~17:30
讀者服務傳真｜（02）2662-6048
客服信箱｜bill@cw.com.tw

法律顧問｜台英國際商務法律事務所・羅明通律師
製版印刷｜中原造像股份有限公司
總經銷｜大和圖書有限公司　電話：（02）8990-2588

出版日期｜2018 年 2 月第一版第一次印行
　　　　　2021 年 1 月第一版第六次印行
定　　價｜360 元
書　　號｜BKKNF041P
I S B N｜978-957-9095-29-7

訂購服務
親子天下 Shopping｜shopping.parenting.com.tw
海外・大量訂購｜parenting@cw.com.tw
書香花園｜台北市建國北路二段 6 巷 11 號　電話（02）2506-1635
劃撥帳號｜50331356 親子天下股份有限公司

立即購買 >

國家圖書館出版品預行編目資料

嘿,外星人你在聽嗎? / 程遠(Jacky Cheng)文
; 沈奕伶譯. -- 第一版. -- 臺北市 : 親子天下,
2018.02
336面 ;14.8X21公分. -- (少年天下系列 ; 41)
譯自 : See you in the cosmos
ISBN 978-957-9095-29-7 (平裝)
874.57　　106025044